STEPHEN LEACOCK

Aventuras del señorito en su Arcadia

Traducción de Tamara Gil Somoza

451.http://

ISBN 978-84-96822-38-2

PRIMERA EDICIÓN EN 451 EDITORES
2008

DIRECCIÓN DE ARTE
Departamento de Imagen y Diseño GELV

DISEÑO DE COLECCIÓN
holamurray.com

TÍTULO ORIGINAL
Arcadian adventures with the idle rich

MAQUETACIÓN
Departamento de Producción GELV

© DEL TEXTO: McClelland & Stewart
© DE LA TRADUCCIÓN: Tamara Gil Somoza,
  2008
© DE LA EDICIÓN: 451 Editores, 2008

IMPRESIÓN

 Talleres Gráficos GELV
(50012 Zaragoza)
Certificado ISO

Xaudaró, 25
28034 Madrid - España

DEPÓSITO LEGAL: Z. 1460-08
IMPRESO EN ESPAÑA

tel 913 344 890 - fax 913 344 894

info451@451editores.com
www.451editores.com

decirle que el tocino tiene demasiado amoniaco; mientras que otro protesta por la proporción de glucosa en el aceite de oliva, y otro asegura que el porcentaje de nitrógeno de las anchoas es en exceso elevado. Un hombre de imaginación calenturienta podría considerar esa capacidad para distinguir sustancias químicas en los alimentos una especie de venganza que el destino se cobra sobre los socios. Pero esto sería una necedad, pues en todos los casos el *maître,* que es el jefe de los filósofos chinos mencionados un poco más arriba, les asegura que va a ocuparse de ello inmediatamente para que eliminen dicho porcentaje. Y, en cuanto a los propios socios, sus manufacturas y sus fusiones no les hacen ruborizarse más de lo que se avergüenza el marqués de Salisbury de los fundadores de la familia Cecil*.

Así pues, ¿qué podría tener de raro que el señor Lucullus Fyshe, antes de servirle la gaseosa al duque, se la dé a probar a otra persona? ¿Y quién podía ser más indicado que el señor Furlong, el joven y piadoso párroco de San Asaph, que había recibido una formación universitaria concebida para desarrollar todas sus aptitudes? Además, un párroco de la Iglesia Anglicana que ha sido misionero por el mundo es la persona idónea para averiguar, así como quien no quiere la cosa, cómo se debe tratar a un duque y conversar con él, si hay que llamarlo «su excelencia» o «mi excelencia», «excelencia» a secas, «duque» o qué. Cuestiones todas ellas que al director de la Caja Popular y presidente de la Cooperativa Republicana de Ga-

---

* El marquesado de Salisbury pertenece a una de las ramas de la familia Cecil, uno de los linajes más famosos e influyentes de la historia de Inglaterra. *(Nota de la traductora).*

seosas han de parecerle tan triviales que desdeñaría hablar de ellas.

Así pues, era este el motivo por el que el señor Fyshe había invitado a comer al reverendo Furlong y le había propuesto cenar juntos en el Club Mausoleo ese mismo día, para que conociese al duque de Dulham. Y el señor Furlong, consciente de que un clérigo se debe a todo el mundo y no puede evitar la compañía de un hombre tan solo porque se trate de un duque, había aceptado la invitación para el almuerzo y había prometido cenar con ellos, si bien esto lo obligaba a posponer la clase de tango de la Agrupación de Trabajadores Serviciales de la parroquia de San Asaph hasta el viernes siguiente.

Y así fue como el señor Fyshe acabó metiéndose entre pecho y espalda una chuleta y una pinta de vino del Mosela, con la actitud campechana de quien es tan democrático que prácticamente roza el socialismo revolucionario y además no le importa confesarlo, sentado a la mesa con el joven párroco de San Asaph, que atacaba un estofado de pato con champiñones y salsa de vino que lo tenía sumido en un verdadero éxtasis místico.

—El duque ha llegado esta mañana, ¿no es así? —preguntó el señor Furlong.

—Sí, de Nueva York —contestó el señor Fyshe—. Se aloja en el Gran Palazo. Le envié un telegrama por medio de uno de los directores de la filial neoyorquina de la Compañía de Tracción y Suburbanos, y Su Excelencia ha tenido la amabilidad de asegurarme que vendrá a cenar aquí.

—¿Viaja por placer? —inquirió el párroco.

—Tengo entendido que está... —El señor Fyshe iba a decir «decidido a invertir gran parte de su fortuna en valores estadounidenses», pero se lo pensó mejor. Hasta no. En apariencia, la gente comía coliflor sin distinguir la variedad Dinamarca de la Oldenburg, y muy pocos, por no decir ninguno, reconocían el tocino de Silesia cuando lo probaban. Cuando llevaron al duque a lo que ellos llamaban campo, a unas veinticinco millas de la ciudad, seguía sin haber nabos, sino solo edificios y los terraplenes del ferrocarril y vallas publicitarias; por todo ello, el duque se entristeció al comprobar la evidente y visible decadencia de la agricultura estadounidense en lo que debería haber sido su centro más importante. Así las cosas, pasó cuatro días apesadumbrado. La agricultura lo irritaba, pero, como es natural, más exasperantes aún le resultaban las preocupaciones económicas que lo habían llevado a Estados Unidos.

El dinero es algo que siempre da quebraderos de cabeza. Todo el mundo ha de pensar en él, incluso quienes no lo tienen. Si se da el caso de que, por cuestiones monetarias, uno se ve obligado a venir a los Estados Unidos con la esperanza de obtener un préstamo, lo delicado del asunto lo hunde en la melancolía y la preocupación. De haber tenido la posibilidad de pasear por extensos campos de nabos y acariciarle los flancos a hermosas vacas Holstein, podría haber sacado el tema en el transcurso de una charla entre caballeros, de ganadero a ganadero. Pero en Nueva York, en medio de la acumulación de cemento y del bramido del tráfico, en almuerzos deslumbrantes, en residencias palaciegas, no había forma de hacerlo.

Pues esa era la verdad sobre la visita del duque de Dulham y el error del señor Lucullus Fyshe. El señor Fyshe pensaba que el duque había venido a *dar* dinero. En realidad, su propósito era *pedirlo prestado*. De hecho, el duque calculaba que, si pedía una segunda hipoteca sobre Torres de Dulham por valor de veinte mil libras esterlinas y si vendía su coto de caza en Escocia, alquilaba sus pastos en Irlanda y subarrendaba la mina de carbón que tenía alquilada en Gales, podría obtener en total unas cien mil libras. Para un duque, se trata de una suma desmesurada. Cuando la tuviera, podría cancelar la primera hipoteca sobre Torres de Dulham, comprarle sus derechos al arrendador del coto escocés y pagar la deuda con el acreedor hipotecario de los pastos irlandeses, para de este modo volver a estar como al principio. Así son las finanzas ducales, que siempre avanzan en círculo.

En otras palabras: el duque era en realidad un hombre pobre. No pobre en el sentido que a esta palabra se le da en Norteamérica, donde la pobreza llega en forma de repentina y abrumadora estrechez e impide al que la sufre conseguir un cuarto de millón de dólares, por mucho que lo necesite, pero pasa como una nube de tormenta y luego se va, sino pobre en ese sentido, permanente y angustioso, que solo la aristocracia británica conoce. Como es natural, el caso del duque era célebre y el señor Fyshe debería haber oído hablar de él. Era tan pobre que la duquesa se veía forzada a pasar tres o cuatro meses al año en un elegante hotel de la Riviera, solo para ahorrar, y su primogénito, el joven marqués de Beldoodle, tenía que dedicar gran parte de su tiempo a la caza mayor en Uganda, con solo veinte o veinticinco batidores y tan pocos guías y porteadores y tal escasez de rastreadores de hienas y elefantes que aquello era un auténtico escándalo. El duque era de hecho tan pobre que uno de sus hijos menores, sin otro propósito que sumar sus esfuerzos a los de los demás, se veía obligado a estarse toda la vida en el Himalaya, escalando montañas, mientras que su única hija no tenía más remedio que pasar temporadas visitando a princesas alemanas de poca monta y soportando todo tipo de penurias. Y, en tanto que la familia ducal iba de un lado a otro —escalando montañas y cazando hienas, y ahorrando dinero—, la residencia o casa solariega del duque, Torres de Dulham, estaba prácticamente cerrada y la visitaban tan solo criados, amas de llaves, guardabosques y turistas; y las galerías de cuadros, a no ser por los artistas, visitantes y aldeanos, clausuradas; y la mansión de la ciudad, salvo por la presencia de criados, comerciantes y secretarios, cerrada a cal y canto. Pero el duque estaba convencido de que esa rígida austeridad, si se mantenía durante un par de generaciones, obraría maravillas, y esa idea le daba esperanzas; y la duquesa lo sabía, y también a ella se las daba; de hecho, toda la familia ducal, consciente de que solo era cuestión de un par de generaciones, se tomaba su desgracia con buen humor.

Lo único que desquiciaba al duque era tener que pedir dinero. Se veía obligado a hacerlo cada cierto tiempo, cuando vencían los préstamos o las hipotecas, pero lo detestaba. Era algo superior a sus fuerzas. Sus antepasados muchas veces se habían visto necesitados de dinero, pero no lo pedían prestado, sino que se lo apropiaban; y el duque se desesperaba por tener que pedirlo. Había algo en el proceso que iba contra sus principios. Sentarse con un hombre, tal vez casi un caballero, mantener una agradable charla, poco a poco ir dirigiendo la conversación hacia el tema y al fin aceptar su dinero era algo que, en esencia, al duque le parecía vil. Golpearle la cabeza a alguien con un atizador para quitarle el dinero entraba dentro de su comprensión, pero no pedirlo prestado.

Por consiguiente, el duque había venido a los Estados Unidos, donde, como todo el mundo sabe, pedir dinero es facilísimo. Cualquier socio del Club Mausoleo, por ejemplo, pediría con toda naturalidad cincuenta centavos para comprarse un cigarro, o cincuenta mil para adquirir una casa, o cinco millones para hacerse con una línea de ferrocarriles, y además si podía los devolvería sin darle ninguna importancia. De hecho, se sabía que muchos de los amigos del duque habían obtenido dinero en los Estados Unidos con una facilidad pasmosa, dando como garantía sus casas solariegas o sus cuadros, o a alguna de sus hijas, lo que fuera.

En consecuencia, el duque pensaba que le sería fácil. Y, sin embargo, por increíble que pueda parecer, había pasado cuatro días en Nueva York, agasajado y mimado en todas partes, pero no había obtenido un solo centavo. Lo invitaron a comer en una mansión de Riverside y, haciendo gala de gran estupidez, salió sin haberles sacado ni un dólar. Lo llevaron a una casa de campo a orillas del Hudson y, como si fuera idiota —él mismo lo reconocía—, no le había pedido a su anfitrión ni para pagarse el billete de tren. Por dos veces lo sacaron a pasear en automóvil por Central Park y dócilmente se dejó llevar de vuelta al hotel sin que su patrimonio hubiese aumentado en un mísero dólar. Aquello resultaba pueril, y él era consciente. Pero, aunque le fuera la vida en ello, el duque no sabía cómo empezar. Ninguno de los temas de conversación que se le ocurría abordar tenía la más remota conexión con el dinero. El duque era capaz de charlar con razonable corrección sobre la inminente ruina de Inglaterra (en Torres de Dulham llevaban sesenta años discutiendo el tema), sobre las responsabilidades de su país res» o «composiciones» o cualquier otra cosa por el estilo. El duque se limitaba a observar un cuadro y decir: «Vaya, esto está muy bien» o «¡Vaya! ¡Esto está pero que muy bien!» o «Yo diría que esto está muy bien».

Nadie podía poner reparos a tales críticas. Hacía mucho que el duque había comprobado que eran a prueba de bomba.

—En Nueva York me enseñaron algunas cosas que no estaban nada mal —continuó—, pero, al parecer, lo que tienen ustedes aquí está pero que muy bien.

La verdad es que el duque estaba encantado con los cuadros, pues había algo en su composición, o tal vez en la luz suave y carísima que los iluminaba, que le permitía ver en cada uno de ellos, en lontananza, cien mil libras esterlinas. Y no cabe duda de que no hay imagen más bella que esa.

—Cuando cruce usted el charco, Fyshe —dijo el duque—, tengo que enseñarle mi Botticelli.

Si el señor Fyshe, que no entendía nada de arte, hubiese expresado lo que de verdad pensaba, habría preguntado: «¿Enseñarme su qué?». Pero se limitó a responder:

—Será un placer.

En cualquier caso, no tuvo ocasión de decir nada más, pues en esto surgió ante ellos la figura corpulenta y el rostro ancho del doctor Boomer, rector de la Universidad de Plutoria. Y con él estalló la conversación, haciendo saltar en pedazos todos los temas que se habían tocado hasta entonces. Fue presentado al duque y le dio un apretón de manos al señor Furlong sin dejar de hablar con ambos, al tiempo que le indicaba al camarero qué cóctel quería tomar, y todo esto sin respirar. Cuando al fin se detuvo a recobrar el aliento fue para preguntarle al duque por las tablillas de arcilla con jeroglíficos babilonios que su abuelo, decimotercer duque de Dulham, se había llevado a casa desde el Éufrates y que, como sabía cualquier arqueólogo, se conservaban en la biblioteca del duque, en Torres de Dulham. Y, pese a que el duque no tenía constancia de la existencia de las tablillas, le aseguró al doctor Boomer que su abuelo había coleccionado algunas cosas que no estaban nada mal, en verdad extraordinarias.

Además, como acababa de conocer a un hombre que había oído hablar de su abuelo, el duque comenzó a sentirse en su elemento. De hecho, gracias al doctor Boomer, a los árboles del caucho nigerianos, a la tenue iluminación de los cuadros y al encanto que emanaba de aquel lugar, por no hablar de la certeza de que en él hallaría sin problemas medio millón de dólares, estaba tan entusiasmado que se guardó la lupa en el bolsillo y dijo:

—Tienen ustedes un club encantador, verdaderamente encantador.

—Sí —dijo el señor Fyshe en tono despreocupado—, nos gusta pensar que es un sitio agradable.

Pero, de haber podido presenciar lo que en esos momentos se cocía abajo, en las cocinas del Club Mausoleo, el señor Fyshe se habría dado cuenta de que estaba convirtiéndose en un lugar en extremo desagradable.

Pues el inspector del sindicato que llevaba todo el día merodeando por allí con su bombín ladeado estaba en ese preciso instante acompañado de un grupillo de filósofos chinos, ocupado en anotar nombres y distribuir tarjetas a los huelguistas del Sindicato Internacional, asegurándoles que los «muchachos» del Gran Palazo se habían ido a casa a la siete y que los «muchachos» del Comercial y del Unión y de todos los restaurantes de la Ciudad habían abandonado sus puestos hacía una hora.

Y los filósofos chinos cogían las tarjetas, colgaban los uniformes, se ponían las chaquetas raídas y se colocaban ladeados los bombines, transformándose como por obra de magia de respetables chinos en encorvados haraganes de la peor calaña.

Pero el señor Fyshe, por hallarse en un reservado y no en las cocinas, no vio nada de esto. Ni siquiera cuando apareció el *maître,* temblando de miedo, con unos cócteles que había preparado él mismo, servidos en vasos lavados con sus propias manos, notó nada extraño el señor Fyshe, absorto como estaba en el trato natural y cortés del duque.

Tampoco sus invitados repararon en nada. Pues el doctor Boomer, tras saber que el duque había estado en Nigeria, le pedía su opinión sobre los famosos restos de Bimbabue, hallados en el bajo Níger. El duque tuvo que admitir que no se había fijado en ellos, a lo que el rector contestó asegurándole que estaba convencido de que Estrabón los había mencionado (ya le enseñaría al duque ese pasaje) y que, al parecer, si no le fallaba la memoria, se hallaban a mitad de camino entre Uhat y Ohat; de lo que no tenía constancia era de si estaban más allá de Uhat y más acá de Ohat o, por el contrario, más allá de Ohat y más acá de Uhat; para conocer ese detalle el duque tendría que esperar a que el rector pudiese consultar su biblioteca.

El duque quedó fascinado en el acto por los conocimientos del rector sobre la geografía de Nigeria y le explicó que en una ocasión había viajado desde más abajo de Tombuctú hasta Uhat en una litera transportada por tan solo cuatro porteadores.

Así, después de beberse los cócteles, el grupo se trasladó en solemne procesión del reservado al comedor privado situado en el piso de arriba, sin dejar de hablar de los restos de Bimbabue, de los porteadores y de si la litera era o no la auténtica barca de piel de cabra que se menciona en el libro del Génesis.

Y, cuando entraron en el comedor privado y vieron la mesa cubierta con un mantel blanco como la nieve, con sus copas de cristal tallado y sus flores (colocadas por uno de los filósofos, que en esos momentos se batía en retirada y se dirigía hacia el Teatro de la Revista con el sombrero inclinado sobre los ojos), el duque volvió a exclamar:

—La verdad es que tienen ustedes un club de lo más agradable. Delicioso.

A continuación, se sentaron y el señor Furlong bendijo la mesa de forma más escueta todavía de lo que suele ser habitual entre el clero anglicano. Y el *maître,* ya definitivamente presa de la angustia —pues en vano había telefoneado al Gran Palazo y al Continental, pidiendo ayuda como si fuese el capitán de un barco que se va a pique—, sirvió con mano temblorosa ostras que había abierto él mismo y vino del Rin. Era consciente de que, a no ser que por obra de magia le enviasen del Palazo un nuevo chef y un par de camareros, no había lugar para la esperanza.

Pero los comensales seguían por completo ajenos a sus temores. El doctor Boomer devoraba sus ostras igual que un hipopótamo nigeriano se merendaría a una cuadrilla de porteadores, a grandes bocados, al tiempo que hacía comentarios sobre los lujos de la vida moderna.

Después, en la pausa que siguió a las ostras, utilizó dos pedazos de pan para mostrarle al duque las diferencias estructurales básicas entre el pueblo mexicano y la aldea tribal de los navajos y, no fuera a ser que el inglés confundiera uno de ellos, o los dos, con las chozas de adobe de las tribus de Bimbabue, le explicó la diferencia valiéndose de dos aceitunas.

A estas alturas, como es natural, el retraso en el servicio comenzaba a hacerse evidente. El señor Fyshe dirigía miradas de furia hacia la puerta, a la espera de la reaparición del camarero, mientras mascullaba una disculpa a sus invitados. Pero el rector le quitó hierro al asunto dando un manotazo en el aire.

—En mi época de estudiante —dijo—, un plato de ostras me habría parecido una comida copiosa. No habría pedido nada más. —Y añadió—: Comemos demasiado.

Esto, por supuesto, dio pie al señor Fyshe para enlazar con su tema favorito.

—¡El lujo! —exclamó—. ¡Ni más ni menos! Es la lacra de nuestra época. El atroz crecimiento del lujo, la acumulación de dinero, la facilidad con que se crean enormes fortunas...

«¡Bien! —pensó el duque—. Vamos acercándonos a la cuestión».

—... Esas cosas serán nuestra ruina. Acuérdense de mis palabras, todo va a terminar en un tremendo estallido. No tengo reparos en decirle, duque (mis amigos, aquí presentes, ya lo saben, estoy seguro), que soy más o menos un socialista revolucionario. Estoy del todo convencido, señor, de que nuestra moderna civilización acabará en una gran catástrofe social. No olviden lo que les digo —y en este punto el señor Fyshe adoptó una expresión grandiosa—: una gran catástrofe social. Puede que algunos no vivamos para verlo, aunque usted, por ejemplo, señor Furlong, es más joven: usted sin duda lo verá.

Pero el señor Fyshe no era consciente de la inminencia de la catástrofe. Todos iban a vivir para verlo, y allí mismo. Porque en ese instante, cuando el señor Fyshe hablaba de la catástrofe social y explicaba echando chispas por los ojos que pronto llegaría, fue precisamente cuando llegó; y, de todos los lugares del mundo, la mecha escogió para prender aquel lugar: el comedor privado del Club Mausoleo.

El apesadumbrado *maître* volvió a entrar, se inclinó sobre el respaldo de la silla del señor Fyshe y le dijo algo en un susurro.

—¿Eh? ¿Cómo? —preguntó el señor Fyshe.

El *maître,* cuyo rostro reflejaba la angustia que lo atormentaba por dentro, volvió a susurrar.

—¡Pero serán sinvergüenzas esos malditos! —exclamó el señor Fyshe, dando un respingo en la silla—. ¡En huelga! ¡En este club! ¡Es un escándalo!

—Lo lamento mucho, señor. No quería decírselo, señor. Confiaba en que me mandarían a alguien para echar una mano, pero parece, señor, que sucede lo mismo en todos los hoteles.

—¿Quiere usted decir —preguntó el señor Fyshe, hablando muy despacio— que no habrá cena?

—Lo lamento, señor —gimió el camarero—. Al parecer, el chef aún no la había preparado cuando se fue. Aparte de lo que está en la mesa, señor, no hay nada más.

La catástrofe social había llegado.

El señor Fyshe permaneció inmóvil en la silla, apretando los puños. El doctor Boomer, con expresión petrificada en su rostro ancho, contempló las conchas de ostra vacías, tal vez pensando en sus días de estudiante. El duque, abandonada la esperanza de pedir sus cien mil libras con la segunda copa de champán, que nunca se sirvió, no perdió pese a todo la compostura y murmuró algo sobre ir a cenar a su hotel.

Pero no hay necesidad de ahondar en los desafortunados detalles de aquella cena inconclusa. El señor Fyshe no pensaba en otra cosa que en marcharse: tenía demasiada experiencia como para pensar que se podía hacer negocios sobre el mantel de un restaurante de segunda o en un club desierto, con el estómago vacío. Tendría que volver a intentarlo; esperar a que llegase su momento y empezar de cero.

Y así fue como el pequeño grupo de invitados a la cena del señor Lucullus Fyshe se disolvió en sus elementos constituyentes, como si se tratase de los fragmentos de la sociedad tras el gran cataclismo que el propio señor Fyshe había vaticinado.

El duque fue embarcado en un automóvil de motor resoplante y conducido hasta la esplendorosa rotonda del Gran Palazo, igualmente sin camareros ni cena.

El párroco de San Asaph regresó a pie a su vivienda, junto a la iglesia, en tanto que cavilaba sobre el contenido de su despensa.

El señor Fyshe y el descomunal rector, por su parte, volvieron juntos a casa, andando bajo los olmos de la avenida Plutoria. No habían recorrido mucho camino cuando el doctor Boomer se puso a hablar del duque.

—Un hombre muy agradable —comentó—, encantador. Lo lamento mucho por él.

—No se ha llevado peor parte que ninguno de nosotros, supongo —gruñó el señor Fyshe, que sentía que le subía toda la bilis democrática—. No hace falta ser duque para tener estómago.

—¡Bah! —respondió el rector, haciendo un gesto con la mano como para indicar que no era eso lo que quería decir—. No me refiero a eso. ¡Qué va! Estaba pensando en su situación financiera. Y, encima, una familia tan antigua como los Dulham... Es terrible.

Porque, como no podía ser menos, conocer a fondo el pedigrí y la fortuna de las familias ducales más importantes de Jock de Ealing en adelante era una minucia para él, faltaría más. En comparación con un cráneo de Neandertal y con las ruinas de Bimbabue, carecía de importancia.

El señor Fyshe se paró en seco.

—¿Su situación financiera? —inquirió, rápido como el lince.

—Desde luego —respondió el doctor Boomer—. Daba por sentado que estaba usted al corriente. La familia Dulham se encuentra prácticamente en la ruina. El duque, imagino, se habrá visto obligado a hipotecar sus propiedades; de hecho, supongo que habrá venido a los Estados Unidos con la intención de obtener dinero.

El señor Fyshe era un hombre veloz como el rayo. Cualquiera que esté acostumbrado a la bolsa aprende a pensar rápido.

—¡Un momento! —exclamó—. Veo que hemos llegado a su casa. ¿Podría pasar un instante y hacer una llamada? Quiero hablar un instante con Boulder.

Al cabo de dos minutos, el señor Fyshe estaba al teléfono y decía:

—¡Ah! ¿Es usted, Boulder? Llevo todo el día buscándolo, quería que conociese al duque de Dulham, que ha llegado de improviso de Nueva York; estaba seguro de que desearía conocerlo. Me proponía invitarlo a cenar en el club, pero resulta que el lugar está patas arriba (por culpa de una huelga de camareros o alguna canallada semejante) y, por lo que he oído, el Palazo se encuentra en el mismo estado. ¿Podría usted...?

Llegados a este punto, el señor Fyshe hizo una pausa, escuchó un momento y luego prosiguió:

—Sí, sí; una idea excelente. ¡Qué detalle por su parte! Le ruego que envíe su coche al Palazo y le dé al duque algo de picar. No, no creo que yo los acompañe. Es usted muy amable. Buenas noches...

Y a los pocos minutos el automóvil del señor Boulder circulaba por la avenida Plutoria en dirección al hotel Gran Palazo.

Nadie sabe qué pasó aquella noche entre el señor Boulder y el duque. De lo que no cabe duda es de que los dos hicieron buenas migas. De hecho, podría parecer que, pese a lo diferentes que eran en muchos sentidos, hallaron un interés común en el deporte. Y es bastante probable que el señor Boulder mencionara que tenía una cabaña —lo que el duque llamaría un pabellón de caza— en los bosques de Wisconsin y que estaba hecha de troncos, bastos troncos de cedro sin cuadrar, y que los lobos y otros animales que poblaban esos parajes eran de una ferocidad sin parangón.

Los más allegados al duque podrán juzgar mejor el efecto que tales comentarios harían en su temperamento.

En cualquier caso, lo que sí se sabe a ciencia cierta es que, a la mañana siguiente, durante el desayuno, el señor

Fyshe tuvo que contener la risa cuando leyó en el *Ciudadano Plutoriano* la siguiente noticia:

Hemos sabido que el duque de Dulham, tras una breve estancia en la Ciudad, sale esta mañana de viaje con el señor Asmodeus Boulder, en dirección a los bosques de Wisconsin. Nos consta que el señor Boulder se propone que su huésped, gran aficionado al deporte, conozca el lobo norteamericano.

Y, así, el duque emprendió el viaje hacia el noroeste con el señor Boulder, en la salita de estar de un pulman, atestado de rifles de caza de dos cañones, morrales de cuero, trampas para linces y lobos, y sabe Dios qué más. El duque lucía su chaqueta deportiva más tosca, que al parecer estaba hecha de piel de caimán, y, sentado con un rifle en las rodillas, mientras el tren avanzaba por un paisaje vasto salpicado de florestas —por fin el campo de verdad—, hacia los bosques de Wisconsin, iluminaba su rostro una felicidad y una jovialidad auténticas, que no se habían visto en él desde que se extravió en las selvas empantanadas del norte de Birmania.

Y, frente a él, el señor Boulder lo contemplaba con ojos fijos y silenciosos, y de cuando en cuando murmuraba algún dato nuevo sobre la ferocidad del lobo.

Pero de otros lobos, más feroces todavía, en cuyas manos podía caer el duque durante su estancia en los Estados Unidos, de eso no le dijo palabra.

Tampoco se tiene constancia de lo que sucedió en Wisconsin, y para el Club Mausoleo el duque y su visita han quedado tan solo como un vago y agradable recuerdo.

DOS

EL MAGO DE LAS FINANZAS

que se encuentra el Club Mausoleo, se alza el edificio del
hotel Gran Palazo, desde el que se domina la plaza Central. En realidad, no es muy grande la distancia que lo se-
para del club, apenas medio minuto en automóvil. De
hecho, casi hasta se podría ir a pie.

Pero en la plaza Central el sosiego de la avenida Plutoria se transforma en una atmósfera muy distinta. Hay
fuentes cuyos chorros borbotean y mezclan su música
con los cláxones de los automóviles y el traqueteo de los
coches de caballos. Hay árboles de verdad y banquitos verdes en los que la gente se sienta a leer el periódico del
día anterior, y parcelas de césped entre el asfalto. En un
extremo se levanta una estatua del primer gobernador del
estado, labrada en piedra, a tamaño natural; en el otro, una
figura del último, fundida en bronce, a tamaño muchísimo mayor que el natural. Y todos los que pasan por allí
se detienen, se quedan mirando la estatua y la señalan con
sus bastones, pues se trata de una obra de gran interés;
a decir verdad, es un ejemplo del nuevo proceso electro-
químico de fundición, gracias al cual se puede fundir un
gobernador a la escala que se desee, independientemen-

te de los materiales de los que se parta. Los expertos explican el interesante contraste entre las dos estatuas; pues en el caso del gobernador de hace un siglo hubo que emplear un material basto y tosco, y trabajarlo con paciencia durante años para conseguir el efecto deseado, mientras que en la actualidad los materiales no tienen ninguna importancia, ya que con cualquier resto, tratándolo en el horno de gas a una presión tremenda, se puede hacer una estatua de tamaño colosal, como la que adorna la plaza Central.

Así pues, la plaza Central, con sus árboles y sus fuentes y sus estatuas, constituye, como no podía ser menos, uno de los lugares de mayor interés de la Ciudad. Y esto se debe en gran medida al hecho de que en uno de sus lados se levanta la mole del hotel Gran Palazo. Tiene una altura de quince pisos y ocupa por entero un lado de la plaza. Consta de mil doscientas habitaciones y tres mil ventanas con vistas a los árboles de la plaza, y habría bastado para alojar a todo el ejército de George Washington. Incluso la gente de otras ciudades, que nunca lo ha visto, sabe por la publicidad que es «el hotel más hogareño de América», pues así lo describen en las revistas más caras del continente. De hecho, los propietarios del Gran Palazo no tienen otro propósito —y tampoco intentan disimularlo— que hacer del hotel un lugar lo más hogareño posible. En ello precisamente radica su encanto. Es un hogar. Uno se da cuenta al alzar la vista hacia el Gran Palazo desde la plaza, de noche, cuando los mil doscientos huéspedes han encendido las luces en las tres mil ventanas del hotel. Uno se da cuenta a la hora del teatro, cuando una larga fila de automóviles llega hasta las puertas del Palazo para transportar a sus mil doscientos huéspedes hasta las mil doscientas butacas que ocuparán, previo pago de cuatro dólares por asiento. Pero cuando más se aprecia el carácter del Gran Palazo es al entrar en su gran vestíbulo circular; a su lado, el palacio encantado de Aladino es una minucia. Está cubierto por una enorme bóveda con cien luces resplandecientes, bajo la que circula día y noche una oleada de gente que nunca se está quieta, en medio de una confusión de voces que no cesa jamás, y sobre ella flota una mágica nube de humo de tabaco, fino y azulado, como la que acompañaría la aparición de un mago de Bagdad o de Damasco.

En el vestíbulo hay por todas partes palmeras que alegran la vista y árboles del caucho que calman la mente, además de grandes divanes de cuero y mullidos sillones, y aquí y allá descomunales ceniceros dorados, grandes como ánforas de lágrimas etruscas. A un lado hay un mostrador con ventanillas enrejadas, como las de los bancos, tras el cual esperan cinco recepcionistas muy repeinados que visten camisas de cuello alto y largas levitas negras durante todo el día, como si fueran congresistas. Estudian sin descanso unos enormes libros colocados delante de ellos y cada dos por tres pulsan un timbre con la palma de la mano. Al oírlo, se abalanza hacia el mostrador un botones de uniforme, con las iniciales G. P. estampadas en letras doradas por toda la ropa, y al poco vuelve a desaparecer, llamando a gritos a algún huésped de entre la multitud ajena a él. Por un momento, el vasto espacio del vestíbulo se llena con su voz, que resuena por los pasillos laterales; flota, suave y melodiosa, por entre las palmeras del saloncito de las señoras; se oye, cada vez más débil, en las distantes cocinas; y en las profundidades de la barbería, por debajo del nivel de la calle, el barbero detiene un instante el zumbido somnoliento de los cepillos con los que aplica el champú a fin de captar ese sonido, igual que, en las galerías subterráneas de una mina costera, bien podría un trabajador abandonar un momento su tarea para escuchar el murmullo lejano del mar.

Así pues, los recepcionistas llaman a los botones, los botones llaman a los huéspedes y los huéspedes llaman a los mozos de equipaje, suenan los timbres, traquetean los ascensores, hasta que llega un momento en que ni su propio hogar le parece a uno tan hogareño como este lugar.

—¡Llamada para el señor Tomlinson! ¡Llamada para el señor Tomlinson!

El grito resonaba por el vestíbulo.

Y, cuando el botones lo encontró y le acercó una bandeja con un telegrama para él, los ojos de la multitud se volvieron un instante hacia la figura de Tomlinson, el Mago de las Finanzas.

Allí estaba, con un sombrero de fieltro de ala ancha y su abrigo largo y negro, ligeramente encorvado por el peso de sus cincuenta y ocho años. Cualquiera que lo conociera de antes, de cuando vivía en el monte, en una granja a orillas del arroyo Tomlinson, en la región de los Grandes Lagos, lo habría reconocido en el acto. Aún conservaba aquella extraña mirada suya, como de desconcierto, solo que, como es natural, por entonces la prensa financiera la describía como «impenetrable». Había algo en su forma de mover los ojos de acá para allá, como con curiosidad, que se podría tomar por perplejidad, de no ser porque el *Trasfondo Financiero* había reconocido enseguida «la mirada escrutadora de un capitán de la industria». Se podría pensar que, pese a la bondad que reflejaba, había algo de simpleza en su rostro, si bien la *Revista Comercial y Pictórica* lo había tachado de «insondable» y además lo había demostrado con una ilustración que no dejaba lugar a dudas. En efecto, la cara de Tomlinson, el del arroyo Tomlinson, ya rebautizado como Tomlinson, el Mago de las Finanzas, no era algo que los redactores de las revistas del sábado designasen normalmente «cara», sino que más bien se referían a ella como «máscara», algo que, al parecer, también tenía Napoleón Bonaparte. Los redactores de las revistas del sábado no se cansaban nunca de describir la personalidad extraña e imponente de Tomlinson, el nuevo adalid de las altas finanzas. Desde el momento en que el prospecto de Auríferas de Erie Fusionadas irrumpió como un maremoto en los círculos bursátiles, la fotografía de Tomlinson, adormilado accionista de fortuna incalculable, había inspirado las fantasías de todos los soñadores de una nación de poetas.

Todos lo describían. Y, cuando terminaban, volvían a empezar.

«Su cara —escribía el redactor de la sección "Nuestros hombres", de la revista mensual *Nosotros*— es la del típico magnate de las finanzas americano: llena de dureza pero no exenta de dulzura, ancha pero alargada al mismo tiempo, dócil pero sin carecer tampoco de cierta firmeza».

«Su boca —escribía el redactor de la columna "Éxito", en *Cerebro*— es firme pero maleable; la mandíbula, férrea y, sin embargo, dúctil; en cambio, hay algo en sus orejas que sugiere la mente ágil e inquieta del líder nato».

Corrió de estado en estado, pues, el retrato de Tomlinson, el del arroyo Tomlinson, dibujado por gente que no lo había visto en su vida; así hasta cruzar el océano y llegar a Francia, donde los periódicos publicaron una foto preparada para tales ocasiones, en cuyo pie se leía: «Monsieur Tomlinson, nouveau capitaine de la haute finance en Amérique», y a Alemania, donde los semanarios colocaron también una oportuna foto de sus archivos, bajo la que ponía: «Herr Tomlinson, Amerikanischer Industrie und Finanzcapitan». Y así fue como Tomlinson navegó desde el arroyo Tomlinson, tributario del lago Erie, hasta las mismas orillas del Danubio y del Drava.

Algunos escritores se ponían de lo más lírico cuando tocaba hablar de él. ¿Qué visiones, preguntaban, si es que hay hombre capaz de descifrarlas, han de yacer tras los ojos soñadores y tranquilos de ese rostro inescrutable?

Podrían haberlas descifrado con pasmosa facilidad en caso de haber tenido la clave. Cualquiera que observase a Tomlinson parado en medio del estruendo y el ajetreo del amplio vestíbulo del Gran Palazo, con el telegrama en la mano, abriéndolo con torpeza y por el lado equivocado, podría haber interpretado las visiones del gran cerebro, si hubiera conocido su naturaleza. Eran de una simpleza considerable. Pues las visiones que pasaban por la cabeza de Tomlinson, el Mago de las Finanzas, eran en su mayor parte imágenes de una granja en una ladera azotada por el viento, a orillas del lago Erie, justo donde el arroyo Tomlinson une sus aguas a las del lago y el viento procedente de tierra agita la vegetación que crece en las aguas poco profundas; eso, y la estampa de una casita de madera y las vallas de troncos de la carretera de la cuarta concesión, en el punto en que se acercan a la orilla del lago. Y, si la mirada de este hombre es soñadora y abstraída, esto se debe a que un infinito pesar inunda la visión de su granja perdida, un pesar de alcance mucho mayor que el que jamás hayan podido tener en la bolsa todas las acciones de Auríferas de Erie Fusionadas.

Cuando Tomlinson terminó de abrir el telegrama, se quedó un rato parado con él en la mano, mirando al botones a la cara. Su mirada tenía ese peculiar punto de embelesamiento que la prensa llamaba «abstracción napoleónica». En realidad, se preguntaba si debía darle al chico veinticinco centavos de propina o cincuenta.

El mensaje que acababa de leer estaba redactado en los siguientes términos: «Cotizaciones de la mañana muestran acciones preferentes de A. G. caen en picado. Recomiendo venta instantánea. Envíe instrucciones».

El Mago de las Finanzas se sacó un lápiz del bolsillo (era un lápiz de carpintero) y escribió en el mensaje: «Cómprame más de lo mismo. Atentamente».

Hecho esto, se lo dio al botones.

—Llévaselo —le dijo, señalando el puesto de telégrafos del vestíbulo. Después, tras hacer otra pausa, murmuró—: Toma, hijo. —Y le entregó al muchacho un dólar.

A continuación, dio media vuelta y echó a andar en dirección al ascensor, y la gente que había presenciado la recepción del mensaje se quedó pensando que andaba metido en algún acuerdo financiero importante o, como dijeron ellos, «dando un golpe maestro».

El ascensor trasladó al Mago hasta el segundo piso. Mientras subía, tanteó en el bolsillo y cogió una moneda de veinticinco centavos, pero luego cambió de opinión y buscó una de quince, aunque al final le dio las dos al ascensorista. Ya arriba, caminó por el pasillo hasta llegar al rincón de la *suite,* un verdadero palacio por el que pagaba mil dólares mensuales desde que Auríferas de Erie Fusionadas comenzara a hurgar con sus dragas hidráulicas en el lecho del arroyo Tomlinson, en el condado de Cahoga.

—Qué hay, Madre —dijo al entrar.

Sentada junto a la ventana había una mujer de rostro vulgar y feo, al estilo de los que se suelen ver en las cocinas de las granjas de Cahoga, vestida con ropas tan elegantes como las que les suelen vender a las señoras de la avenida Plutoria.

Era Madre, la esposa del Mago de las Finanzas, ocho años menor que él. También ella aparecía en los periódicos y era el centro de todas las miradas. Todo lo que las tiendas recibían directamente de París, a precios exorbitantes, a Madre se lo vendían. Le habían colocado un sombrero de los Balcanes coronado por una pluma toda tiesa y le habían colgado del cuello cadenas de oro; los artículos más caros se los habían colgado o atado a Madre. Cuando salía por la mañana del Gran Palazo con su chaqueta de escarabajo y su sombrero de los Balcanes, parecía la personificación del patetismo. Pero, luciese la prenda que luciese, las redactoras de *Notas Primaverales* y *Causerie du Boudoir* escribían su nombre en francés e incluso hubo una publicación que la llamó «belle chatelaine» y otra que la había descrito como una «grande dame», aunque en esa ocasión los Tomlinson pensaron que se trataba de una errata.

Pero, en cualquier caso, para Tomlinson, el Mago de las Finanzas, era un gran alivio estar casado con una mujer como Madre, porque sabía que había sido maestra en Cahoga y que no desentonaba en la ciudad.

Así pues, Madre se pasaba el tiempo sentada en la *suite* de mil dólares, con su chaqueta de escarabajo, leyendo novelas con cubiertas de cartulina brillante. Y el Mago, cuando volvía de sus correteos por el vestíbulo, le llevaba únicamente lo mejor, las novelas que costaban un dólar con cincuenta, porque sabía que allá en su tierra solo había podido leer obras de Nathaniel Hawthorne y de Walter Scott, que no costaban más que diez centavos.

—¿Qué tal Fred? —preguntó el Mago, al tiempo que se quitaba el sombrero y lo dejaba a un lado, sin dejar de mirar hacia la puerta cerrada de una estancia interior—. ¿Se encuentra mejor?

—Un poco —respondió Madre—. Se ha vestido, pero está tumbado.

Fred era el hijo del Mago y de Madre, un muchacho descomunal de diecisiete años, vestido con una bata de flores. Se pasaba el día echado en el sofá de la salita interior, creyéndose enfermo. Dejaba bien a mano, en una silla, un paquete de cigarrillos y una caja de bombones y se tumbaba con las persianas bajadas y los ojos entrecerrados para impresionarse a sí mismo.

Y, sin embargo, era el mismo muchacho que, hacía menos de un año, en el arroyo Tomlinson, vestía un tosco mono de trabajo y aplicaba la fuerza de sus robustos hombros a la sierra. Pero, en aquellos momentos, la Fortuna se afanaba en quitarle los dones que las hadas del condado de Cahoga, en el lago Eire, le habían ofrecido en la cuna, diecisiete años atrás.

El Mago entró de puntillas en su cuarto. Por la puerta abierta, su esposa oía la voz del muchacho, que decía, con el tono de quien está destrozado por el sufrimiento:

—¿Queda algo de jalea?

—¿Puedo darle un poco? ¿Qué te parece? —preguntó Tomlinson a la vuelta.

—Me parece bien —contestó Madre—. Siempre que no le caiga mal al estómago.

Pues esta es, para la dietética del condado de Cahoga, la única prueba que certifica la validez de un alimento. Se puede comer todo aquello que le caiga bien al estómago. Lo que no cae bien no es comestible.

—¿Te parece que les pida que traigan un poco? —inquirió Tomlinson—. ¿Pasa algo si telefoneo a recepción o crees que sería mejor llamar con el timbre?

—Puede que lo mejor —repuso su esposa— sea mirar en el pasillo, a ver si hay alguien por ahí que pueda avisarlos.

Este era el tipo de problema al que debían enfrentarse a diario Tomlinson y su mujer, en su *suite* de mil dólares del Gran Palazo. Y, cuando por fin apareció un camarero de elevada estatura, con traje y corbata, y les dijo: «¿Jalea? Sí, señor, inmediatamente, señor. ¿Le apetece también, señor, un marrasquino, señor, o un oporto?», Tomlinson lo miró apesadumbrado, preguntándose si el camarero aceptaría cinco dólares.

—¿Qué dice el médico de lo de Fred? —preguntó Tomlinson cuando volvieron a estar solos.

—No ha dicho nada —contestó Madre—, únicamente que debe guardar reposo. Estuvo aquí un par de minutos esta mañana y dijo que volvería más tarde. Pero insistió en que Fred debía guardar reposo.

¡Exacto! En otras palabras, Fred padecía el mismo mal que el resto de los pacientes que el doctor Slyder tenía en la avenida Plutoria, por lo que había que darle el mismo tratamiento. El doctor Slyder, el médico más de moda en la Ciudad, se pasaba el tiempo trasladándose de un lado a otro en un automóvil prácticamente silencioso, rogando encarecidamente a todo el mundo que guardase reposo. «Tiene usted que guardar reposo una temporadita», decía en un susurro, sentado junto al lecho del enfermo. Luego, en el recibidor, se quitaba los guantes, sacudía la cabeza con afectación y decía: «Tiene usted que hacerle guardar reposo». Y, dicho esto, se marchaba sin hacer ruido. Con este método, el doctor Slyder muchas veces conseguía que la gente guardase reposo durante semanas. Hasta ahí llegaban sus conocimientos de medicina. Pero con eso bastaba. Y, como sus pacientes siempre se recuperaban —puesto que nada les ocurría—, tenía una gran reputación.

Como es natural, el Mago y su esposa estaban muy impresionados con él. Jamás habían visto terapéutica semejante en el condado de Cahoga, donde la medicina se practica a base de fórceps, sondas, jeringuillas, tablillas y otros instrumentos agresivos.

Acababa de marcharse el camarero cuando apareció un botones en la puerta. En esta ocasión, no le presentó un telegrama a Tomlinson, sino un puñado de ellos.

El Mago los leyó con la cara cada vez más larga. El primero decía algo así como: «Felicidades por su audacia. Cambio instantáneo en bolsa»; y el siguiente: «Opinión justificada. Alza en bolsa. Vendimos con veinte puntos beneficio»; y el tercero: «Previsión del todo correcta. Alza inmediata en C. P. Envíe instrucciones».

Estos mensajes, así como otros similares, procedían de los despachos de los corredores de bolsa y todos estaban escritos en el mismo tono. Uno le decía que C. P. estaba al alza; otro, que T. G. P. había pasado a ciento veintinueve; y otro, que T. C. R. R. había subido diez enteros, todo lo cual se atribuía a la extraordinaria sagacidad de Tomlinson. En realidad, si le hubieran comunicado que X. Y. Z. había subido hasta la luna, él no lo habría comprendido mejor.

—Bueno —dijo la esposa del Mago cuando este terminó de examinar los informes—, ¿qué tal van las cosas esta mañana? ¿Mejor?

—No —respondió Tomlinson, exhalando un suspiro—. El día ha sido terrible. He recibido un aluvión de telegramas, y casi todos dicen lo mismo. Yo no puedo calcularlo tan bien como tú, pero me parece que debo de haber ganado otros cien mil dólares desde ayer.

—¡No me digas! —exclamó Madre, y los dos se miraron con expresión sombría.

—Y la semana pasada, medio millón, ¿no? —añadió Tomlinson, mientras se dejaba caer en una silla—. Estoy asustado, Madre —prosiguió—. No sirve de nada. No sabemos cómo hacerlo. Nadie nos ha enseñado.

De lo que se desprende que, si el redactor del *Diario Monetario de la Tarde* y del *Dominical Financiero* hubiese estado al corriente de lo que les ocurría a los dos magos, habría escrito un artículo capaz de revolucionar toda América.

Porque lo cierto es que Tomlinson, el Mago de las Finanzas, estaba intentando dar «un golpe maestro» de tales dimensiones que la prensa no era capaz ni de imaginarlo: se proponía perder su dinero. Ese era el propósito que se había forjado en su alma enferma, apabullada por el Gran Palazo, abrumada por la carga de las altas finanzas: acabar con él, deshacerse de todo su capital.

Pero, cuando se tiene una fortuna que se calcula a partir de los cincuenta millones y no se sabe dónde acaba, cuando se posee la mitad de las acciones preferentes de Auríferas de Erie Fusionadas, compañía que con sus dragas hidráulicas extrae oro a paletadas del lecho del río, a lo largo de un cuarto de milla, perder ese patrimonio no es tarea fácil.

No cabe duda de que algunos hombres versados en finanzas podrían hacerlo sin problemas. Pero esos hombres tenían una formación de la que Tomlinson carecía. Por mucho que invirtiera en los peores valores del mercado, en las acciones más míseras, en los bonos más fraudulentos, no había manera, siempre recuperaba su dinero. Despilfarraba un puñado y recibía dos a cambio. Y, en cada nueva ocasión, todo el mundo aplaudía la incomparable previdencia del Mago, que no tenía igual.

Como si del rey Midas se tratase, todo lo que tocaba se convertía en oro.

—Madre —insistió—, no sirve de nada. Parece cosa del destino, como dicen en los libros.

La gran fortuna de la que Tomlinson, el Mago de las Finanzas, quería deshacerse a toda costa le había llegado de forma absolutamente repentina. Y, además, de eso hacía tan solo seis meses. Con respecto a su origen, circulaban por los semanarios ilustrados todo tipo de historias.

En líneas generales, existía bastante consenso sobre el hecho de que Tomlinson había amasado su enorme fortuna en virtud de su indomable coraje, su laboriosidad y su empeño. Algunos decían que en el pasado había sido un simple peón de granja y que, gracias a su esfuerzo y a su empeño, había conseguido dejar de segar heno para llegar con el tiempo a controlar el mercado de productos alimenticios de diecisiete estados. Otros aseguraban que había sido leñador y que, de nuevo gracias a su empeño, se había hecho con todos los bosques madereros de la región del lago. Otros afirmaban que había trabajado en una mina de cobre del lago Superior y que por su empeño prácticamente se había hecho con el monopolio del suministro de cobre. En cualquier caso, con estos artículos el lector del sábado se impregnaba asimismo de ese empeño, justo lo que deseaba el director del periódico (que a su vez estaba empeñado en sacarle beneficios a la publicación).

Pero en realidad el origen de la fortuna de Tomlinson era muy sencillo. La receta está al alcance de cualquiera. Basta con poseer una granja en una accidentada ladera cubierta de matorral, junto al lago Erie, y que por ella discurra ruidoso, entre piedras y sauces, un riachuelo como el llamado arroyo Tomlinson, y descubrir en su lecho... una mina de oro.

Nada más.

Por otra parte, en estos tiempos ordenados, tampoco hace falta descubrir el oro en persona. Se puede vivir en una granja durante toda una vida, como había sido el caso del padre de Tomlinson, sin llegar jamás a descubrir el oro. Para ello, el mejor instrumento que puede usar el destino es un geólogo, digamos, por ejemplo, el catedrático de Geología de la Universidad de Plutoria. Así fue como sucedió.

Quiso el azar que el catedrático pasase las vacaciones en el lago, muy cerca de allí, y que dedicase la mayor parte del tiempo —pues ¿qué mejor forma hay de pasar un mes de descanso?— a buscar afloramientos de roca devónica, pertenecientes al periodo posterciario. A tal objeto llevaba consigo su martillo de viaje, y de cuando en cuando hacía alguna anotación o se llenaba los bolsillos de gravilla, que conservaba como recuerdo de las vacaciones.

Quiso el azar que pasase por el arroyo Tomlinson justo donde un gran bloque de roca devónica asomaba por entre la arcilla del lecho. Cuando el catedrático de Geología lo vio y reparó en una veta que lo surcaba, similar a las rayas del tigre —una falla, lo llamó él—, al punto se arrojó sobre ella y se puso a aporrearla con su martillito.

Tomlinson y su muchacho, Fred, andaban por allí cerca, talando árboles en el monte con una cadena larga y una yunta de bueyes, pero el geólogo estaba tan entusiasmado que no los vio hasta que ellos se acercaron a él, alertados por el ruido que hacía con el martillo. Se lo llevaron al claro en el que se levantaba la casita de madera, donde se encontraba la *chatelaine* desterronando con la azada un campo de patatas, con la cabeza cubierta por un sombrero de hombre, y le dieron suero de leche y galletas, pero le temblaba tanto la mano que apenas si era capaz de comer.

Esa misma noche, el geólogo salió de la estación de Cahoga en dirección a la Ciudad, con la maleta llena de muestras envueltas en papel de periódico, seguro de que, si había alguien con posibilidad de invertir suficiente dinero para romper el bloque de roca y seguir la fisura hacia el subsuelo, allí encontrarían algo capaz de asombrar a la humanidad, a los geólogos y a todo el mundo.

Una vez superado ese punto en la puesta en marcha de una mina de oro, el resto es cosa fácil. Pronto aparecieron unos caballeros generosos y desinteresados, además de muy aficionados a la geología. No repararon en gastos. Partieron en dos la gran roca, apartaron los fragmentos y enviaron a los laboratorios de la Universidad de Plutoria, bien embaladas en cajitas, quebradizas muestras que relucían al sol. Allí, el catedrático de Geología se encerró bajo llave hasta altas horas de la noche, a oscuras, en su laboratorio, que pronto se llenó de llamitas azules que bailaban bajo los crisoles, como si de la caverna de un mago se tratase. Y, cada vez que concluía el análisis de una muestra, la apartaba, la empaquetaba y la guardaba en una caja de cartón individual, que etiquetaba escribiendo «aur. p. 75». Y al hacerlo le temblaba la mano. Pues para los profesores de Geología eso significa: «Esto es oro con un setenta y cinco por ciento de pureza». Por eso no es de extrañar que el catedrático de Geología temblara de nerviosismo, mientras trabajaba hasta las tantas entre llamitas azules; no por el valor monetario del oro, claro está (no había tenido tiempo de pensarlo), sino porque, si aquello era cierto, significaría que habían hallado una veta aurífera en el interior de un estrato de roca devónica del posterciario y, de ser este hecho verídico, trastocaría la geología hasta el punto de hacer necesario introducir cambios en los libros de texto. Significaría que, en la siguiente Conferencia Pangeológica, el profesor podría leer una ponencia con la que iba a armar la marimorena entre el público.

También le agradaba saber que los hombres con los que trataba eran generosos. Le habían dicho que fijara él mismo sus honorarios por los análisis y, cuando les pidió dos dólares por prueba, le dijeron que se pusiese manos a la obra. El profesor no era, a mi juicio, un mercenario, aunque creo que disfrutaba al pensar que podía sacarse dieciséis dólares solo con pasar una noche en el laboratorio. En cualquier caso, eso demostraba que los empresarios daban a la ciencia su justo valor. Y lo más extraño de todo era que aquellos hombres le habían dicho que incluso esas muestras no eran nada en comparación con lo que podían extraer del yacimiento: había salido todo de un mismo punto del arroyo, que no representaba ni la centésima parte de la explotación. Más abajo, en el lugar donde habían colocado un gran dique para secar el lecho, habían extraído más mineral de la misma calidad e incluso superior y, por lo que decían, a carretadas. Durante todo el día las dragas hidráulicas arrancaban sus tesoros al lecho del río y por la noche se veía un gran círculo de lámparas de arco que relucía y chisporroteaba, iluminando la febril labor de los amigos de la geología.

Así había irrumpido en los círculos financieros Auríferas de Erie Fusionadas, como un maremoto. Tanto en la bolsa y en las oficinas del centro como entre las palmeras del Club Mausoleo no se hablaba de otra cosa. Y fue tal la potencia del maremoto que se llevó por delante a Tomlinson y a su mujer, a los que finalmente depositó a cincuenta pies de altura, en su *suite* de mil dólares

63

del Gran Palazo. Como consecuencia de ello, Madre vestía una chaqueta de escarabajo, Tomlinson recibía cien telegramas diarios y Fred había dejado los estudios y se había dado a los bombones.

Pero lo que más asombraba en los círculos financieros era la increíble astucia de Tomlinson. El primer indicio lo dio al negarse en redondo a que Auríferas de Erie Fusionadas (como preferían llamarse a sí mismos los amigos de la geología) adquiriese la parte alta de la finca que rodeaba su granja. Les cedió la parte baja a cambio de la mitad de las acciones preferentes de la compañía, como compensación por el capital de desarrollo invertido en la empresa. Fueron ellos quienes lo propusieron, pensando que con la operación cambiaban una maquinaria valorada en unos doscientos mil dólares por, digamos, diez millones de dólares en oro. Pero se quedaron de piedra cuando Tomlinson les dijo que sí; y, cuando les aseguró que las acciones ordinarias podían quedárselas, porque a él no le valían para nada, se alarmaron hasta el punto de obligarlo a aceptar un paquete para no perder la confianza del mercado.

No obstante, se negó a ceder la parte superior de la propiedad, hecho que llevó a suponer a los amigos de la geología aplicada que debía de haber algo muy gordo detrás de ese rechazo; tanto más cuanto que el motivo que alegaba Tomlinson era de lo más simple. Les dijo que no quería deshacerse de la parte superior de la finca porque su padre estaba enterrado allí, junto al arroyo, de ahí que por nada del mundo hubiese permitido que el dique se construyese más arriba.

En los círculos empresariales esto se consideró la prueba de su gran astucia. «Que dice que su padre está enterrado allí, ¿eh? ¡Qué astuto!».

Hacía tanto que ninguno de los inversores del Club Mausoleo se había aventurado por parajes como el condado de Cahoga que no sabían que lo que decía Tomlinson no tenía nada de raro. Su padre estaba, en efecto, allí enterrado, en la propia finca, en una tumba cubierta de frambuesos, ornada con una lápida de madera y rodeada por una verja cuadrada de troncos de cedro, durmiendo el mismo sueño que muchos otros pioneros de Cahoga.

«¡Qué idea tan condenadamente ingeniosa!», dijeron; y a partir de entonces la mitad de los hombres de negocios de la Ciudad comenzó a enterrar a sus padres, o al menos así lo aseguraban, en lugares semejantes: en algún punto del futuro trazado del nuevo ferrocarril suburbano, por ejemplo, o en cualquier otro lugar que permitiese experimentar una gozosa resurrección con motivo de la expropiación de los terrenos.

Así, la pasmosa astucia de Tomlinson pronto se hizo legendaria, y es que todo lo que tocaba lo convertía en oro.

En el Club Mausoleo, en torno a las mesitas de las bebidas, se contaban todo tipo de historias sobre él.

—Se lo planteé como quien no quiere la cosa —relataba, por ejemplo, el señor Lucullus Fyshe—. Como quien no quiere la cosa, pero con total franqueza. Le dije: «Mire, para usted es una nadería, no me cabe duda, pero a mí podría serme de utilidad. Los bonos de T. C.», le dije, «han subido veintidós enteros y medio en tres días. Sabe usted tan bien como yo que se trata de bonos de garantía colateral y que esos valores no pueden ni podrán jamás generar ni un solo dividendo a la par. Ahora bien», proseguí, «señor Tomlinson, ¿podría usted decirme lo que esto significa?». No va usted a creérselo, pero el hombre me miró a la cara con esa expresión extraña tan suya y me respondió: «No lo sé».

—¡Dijo que no lo sabía! —repitió su interlocutor, en tono admirativo y respetuoso—. ¡Caramba! ¿En serio? ¡Ese hombre es un mago!

—¡Y de verdad parecía que no lo sabía! —continuó el señor Fyshe—. Eso es lo más peliagudo del asunto. Cuando quiere, ese hombre puede adoptar una expresión, caballero, que sencillamente no deja traslucir nada, pero nada de nada.

Entretanto, hacía mucho que Tomlinson y su esposa habían tomado una decisión en su *suite* del Gran Palazo. Pues había un aspecto, solo uno, en el que Tomlinson era de verdad un mago: veía a la legua que tanto a él como a su mujer la vasta fortuna que les había caído del cielo no les servía para nada. ¿Qué les reportaba? El ruido y el estruendo de la Ciudad en vez del silencio de la granja, el ajetreo del gran vestíbulo para ahogar el recuerdo del murmullo de las aguas del arroyo.

Por eso, Tomlinson había decidido deshacerse de su recién adquirida riqueza, conservando lo justo para hacer de su hijo otro hombre.

—En el caso de Fred, por supuesto —dijo—, es diferente. Pero con tanto como poseemos nos resultará fácil guardar lo necesario para él. Ese dinero le vendrá estupendamente a Fred. No tendrá que vivir como tú y como yo. Dispondrá de oportunidades que a nosotros no se nos han presentado. —Y ya las tenía: la oportunidad de calzar zapatos de charol de siete dólares y lucir un abrigo acampanado con cuello de seda, de dedicarse a holgazanear en el cinematógrafo, a comer bombones y a fumar cigarrillos, ocasiones todas ellas que el muchacho atrapaba al vuelo. Y, en cuanto se hiciera un poco al lugar, sin duda encontraría oportunidades aún mejores.

—Mejora rápido —dijo Madre. Estaba pensando en los zapatos de charol.

—Es muy popular —añadió su padre—. Me doy cuenta abajo, en el vestíbulo. Le habla a la gente con todo el descaro que le da la gana, pero, por muy ocupados que estén, en cuanto ven que es Fred, todos están dispuestos a echarse unas risas con él.

Y tanto que estaban dispuestos, pues cualquier recepcionista repeinado estaría encantado de reírse con el hijo de un multimillonario. Es un tipo de sentido del humor que desarrollan con el tiempo.

—Pero nosotros, Madre —prosiguió el Mago—, nos desharemos de él. El oro está allí. No está bien guardárselo. Sin embargo, encontraremos una forma de pasárselo a quienes lo necesitan más que nosotros.

Durante algún tiempo, pensaron en regalar su fortuna. Pero ¿cómo? ¿A quién conocían que estuviese dispuesto a aceptarla?

Se les había pasado por la cabeza la idea de dárselo a la universidad —porque ¿quién podría pasar un mes en la Ciudad sin reparar en los imponentes edificios de la Universidad de Plutoria, tan extraordinarios como cualquier gran almacén?—. Pero esa opción, al parecer, les estaba vedada.

—Verás, Madre —dijo el Mago, desconcertado—, a nosotros no nos conocen. Somos de fuera. Menuda impresión daría si me voy a la universidad y les digo: «Oíd, que quiero daros un millón de dólares». ¡Se reirían de mí!

—Pero ¿acaso no dicen los periódicos —protestó su esposa— que el señor Carnegie da muchísimo dinero a la universidad, más de lo que nosotros tenemos, y que ellos lo aceptan?

—Eso es distinto —respondió el Mago—. Él está metido en el ajo. Todos saben quién es. Preside, por así decir, las juntas de diferentes universidades, y además conoce a todos los rectores y profesores; por eso no me extraña que, si se ofrece a darles una pensión o algo por el estilo, ellos lo acepten. Pero tú imagínate que voy yo a ver a uno de esos profesores, en medio de una de sus clases, y le digo: «¡Quiero darle a usted una pensión vitalicia!». ¡Imagínatelo! ¡Imagínate qué diría!

El caso es que los Tomlinson no podían ni imaginárselo, con lo que les daba igual.

Y así fue como comenzaron a aplicar su sistema. Madre, que sabía más de aritmética, era la cabeza pensante. Anotó todos los bonos y las acciones que aparecían en la primera página del *Trasfondo Financiero* y el Mago se puso a comprar siguiendo sus recomendaciones. Distinguían cada cartera por sus iniciales, lo que daba un toque de altas finanzas a sus deliberaciones.

—Yo que tú compraba unas cuantas de este tal R. O. P. —aconsejaba Madre—. Ha bajado de ciento veintisiete a ciento siete en dos días y yo calculo que se irá a pique en unos diez días.

—¿No sería mejor comprar G. G. ob.? Parece que baja más rápido.

—Bueno, sí que va rápido —admitía ella—, pero no tiene un ritmo tan estable. No te puedes fiar. Compra R. O. P. y T. R. R. pref.: no paran de bajar y uno sabe a qué atenerse.

Tomlinson enviaba sus órdenes en función de estas deliberaciones. Lo hacía todo desde el vestíbulo del hotel, utilizando un sistema propio desarrollado con ayuda del operador del telégrafo, que le decía los nombres de los agentes de bolsa, de modo que Tomlinson negociaba a través de corredores a los que jamás veía. Como consecuencia de esto, las inactivas acciones de R. O. P. y de T. R. R. pegaban de pronto un brinco como el que daría una mula si le aplicasen un electrochoque en la cola. En cuanto corría la voz de que Tomlinson andaba detrás de R. O. P. con intención de reorganizarlo, todo el parqué se abalanzaba sobre esas acciones.

Así pues, tras poner en práctica estas operaciones durante un par de meses, el Mago de las Finanzas reconoció su derrota.

—No sirve de nada, Madre —repetía—. Parece cosa del destino.

Y puede que así fuera.

Pero, aunque el Mago de las Finanzas no podía saberlo, en ese preciso instante, mientras él descansaba en el extraño palacio de Aladino que le había deparado su fortuna dorada, el Destino le preparaba cosas todavía más inesperadas.

El Destino, o al menos eso podría parecer, pergeñaba sus propios planes para ocuparse de la fortuna de Tomlinson. Como parte de uno de tales planes, en esos momentos el Destino enviaba dos emisarios en forma de hombretones de figura corpulenta y descomunal, que calzaban unos chanclos desmedidos y salían a grandes zancadas de la Universidad de Plutoria, en dirección al hotel Gran Palazo. Uno de ellos era el gigantesco doctor Boomer, rector de la universidad, y el otro era su profesor de Griego, casi tan enorme como él. En sus amplios bolsillos llevaban montones de folletos sobre los «Restos arqueológicos de Mitilene» y el «Uso del pluscuamperfecto en griego», y pequeños tratados como «Educación y filantropía», escrito por el doctor Boomer; «Las excavaciones de Mitilene: cálculo aproximado de sus costes», obra del doctor Boyster; «Disertación de Boomer sobre la creación y mantenimiento de cátedras», etcétera.

Muchos de los financieros de la Ciudad que habían visto al doctor Boomer entrar en su despacho con su lote de monografías y un brillo feroz en la mirada se habían hundido en las sillas, consternados. Pues eso significaba que el doctor Boomer los había escogido para que hiciesen un donativo a la universidad y sabían que toda resistencia era inútil.

Cuando el doctor Boomer depositaba sobre la mesa de un capitalista su famoso folleto sobre el «Uso del pluscuamperfecto griego», era como si un sultán de Arabia hubiese lanzado la flecha fatal al pachá condenado o como si el pirata Morgan hubiese marcado con la señal de la muerte a un tembloroso bucanero.

Así pues, se acercaba cada vez más, abriéndose paso a empujones entre los transeúntes. El rumor de su conversación era como el bramido del mar tal y como lo oyó Homero. Jamás Cástor o Pólux se lanzaron a la batalla con el aplomo del doctor Boomer y el doctor Boyster cuando se acercaban al hotel Gran Palazo.

Tomlinson, el Mago de las Finanzas, había dudado en ir a la universidad. Pero la universidad iba a él. Y, en cuanto a sus millones, iba a poder escoger: residencias de estudiantes, equipos, campus, edificios, becas; lo que quisiera, pero debía escoger. Y si consideraba que, a fin de cuentas, su fortuna era demasiado vasta incluso para tales excesos, el doctor Boomer le indicaría cómo emplearla en las excavaciones de la antigua Mitilene o de la moderna Esmirna, o en las ciudades perdidas de las llanuras de Pactolo. Si la magnitud de su fortuna lo preocupaba, el doctor Boomer le haría excavar el Sáhara entero, de Alejandría a Marruecos, y aún pediría más.

Pero, si bien el Destino le ponía todo esto a Tomlinson en la palma de la mano, se reservaba cosas todavía más extrañas, bien guardadas entre los pliegues de su túnica. En ella había sorpresas suficientes para hacer que las caras de la junta directiva de Auríferas de Erie Fusionadas al completo se volvieran tan amarillas como el oro que desenterraban. Pues en ese preciso instante, mientras el rector de la Universidad de Plutoria se acercaba más y más al hotel Gran Palazo, el catedrático de Geología trabajaba de nuevo entre las llamitas azules de su oscuro laboratorio. Y en esta ocasión no temblaba de entusiasmo. Ni tampoco hacía las mismas anotaciones que la vez anterior en las muestras que iba analizando. De ninguna manera.

Y mientras trabajaba en silencio, su rostro tenía la gravedad de las inmóviles rocas del periodo posterciario.

LA FRUSTRADA FILANTROPÍA DEL SEÑOR TOMLINSON

—ESTE, SEÑOR TOMLINSON, ES NUESTRO CAMPUS —ANUNCIÓ
el doctor Boomer cuando cruzaron las puertas de hierro
por las que se entraba a la Universidad de Plutoria.

—¿Para acampar? —preguntó el Mago.

—No exactamente —contestó el rector—, aunque, desde luego, también serviría para ello. *Nihil humanum alie-
num*, ¿eh? —Y estalló en una sonora carcajada, en tanto
que tras las gafas se veía brillar en sus ojos ese peculiar
gozo que provoca una cita latina en quienes la entienden.

La risa del doctor Boyster, que caminaba al otro lado
del señor Tomlinson, se unió a la del rector como en un
coro profundo y reverberante. Los dos eruditos marchaban uno a cada lado del Mago de las Finanzas, como si
lo escoltaran hasta la universidad. Parecía un detenido que
hubiera prometido dejarse hacer sin resistirse. No le ponían las manos encima, pero lo miraban de reojo a través de las gafas. Al menor indicio de inquietud, le arrea-
ban un latinajo para sosegarlo. El Mago de las Finanzas,
que los doctores Boomer y Boyster habían elegido como
posible benefactor, estaba recibiendo una generosa dosis
de latín, cuyo propósito era reducirlo al grado adecuado de
maleabilidad.

Ya había superado la primera etapa. Tres días atrás, lo habían visitado en el Gran Palazo y le habían hecho entrega de un folleto sobre «Las excavaciones de Mitilene», como si de una citación judicial se tratase. Tomlinson y su mujer observaron las fotos de las ruinas y por su aspecto dedujeron que Mitilene se encontraba en México. Llegados a esta conclusión, afirmaron que les parecía una vergüenza que estuviese en esas condiciones y que los Estados Unidos deberían intervenir en el asunto.

En esta segunda etapa del camino hacia la filantropía, al Mago de las Finanzas le tocaba ir a conocer la universidad. El doctor Boomer sabía que ningún millonario era capaz de verla sin sentir deseos de hacer un buen donativo.

Y a este respecto el rector había descubierto que no hay mejor forma de tratar con un hombre de negocios que soltarle latinajos. Cuando perseguía otros fines, el rector usaba métodos diferentes. Por ejemplo, en una cena entre amigos en el Club Mausoleo, donde se estilaba la conversación liviana, el doctor Boomer charlaba, como ya se ha visto, sobre los restos arqueológicos de los navajos. De forma similar, en los almuerzos del Club de Amigos de Dante que organizaba la señora Rasselyer-Brown, solía hablar de los *cinquecentisti* italianos y deliberar sobre si la fama de Gian Gobbo della Scala era mayor que la de Can Grande della Spiggiola. Pero las conversaciones de ese tipo, como es natural, solo eran apropiadas para mujeres. Los empresarios son mucho más sagaces y desdeñan ese tipo de asuntos, tanto que, de hecho, el doctor Boomer se había dado cuenta hacía mucho de que nada les agradaba tanto como la convicción, firme y callada, de que sabían latín. Era como darle un valor añadido a sus activos. Por ello, cuando el doctor Boomer se encontraba con un conocido del mundo de los negocios, lo saludaba diciendo a voz en cuello: «Terque quaterque beatus», o le daba un prolongado apretón de manos al ritmo de estas palabras: «Oh, et presidium et dulce decus meum».

Con esto ya los tenía en el bote.

—Supongo —se aventuró a decir el Mago, titubeante, mientras contemplaba la hierba suave del campus— que no cultivan nada aquí, ¿no?

—No, qué va; esto es solo para practicar deportes al aire libre —respondió el rector—. *Sunt quos curriculo.*

A lo cual, el doctor Boyster, al otro lado, añadió como un coro:

—*Pulverem Olympicum.*

Era la cita preferida de ambos. Proporcionaba al doctor Boomer la ocasión perfecta para hablar sobre la eme final en la poesía latina y dejar caer que a su juicio la pretendida elisión de dicha eme final era en realidad una caída de la vocal con repercusión en las dos últimas consonantes. Para defender esta opinión esgrimió una cita de Amiano, a lo que el doctor Boyster exclamó:

—¡Bah, Amiano! ¡Eso es latín macarrónico!

Y acto seguido preguntó al señor Tomlinson si sabía de alguna persona razonable que tuviese en cuenta las ideas de Amiano a esas alturas de la vida.

A todo esto, Tomlinson no pronunciaba palabra, sino que se quedaba mirando con fijeza primero a uno y luego al otro. Más tarde, el doctor Boomer comentaría que Tomlinson tenía una perspicacia asombrosa y que había disfrutado enormemente viendo cómo Boyster había intentado en vano llevárselo a su terreno. Por su parte,

Boyster afirmaría que le había parecido delicioso ver cómo Tomlinson, sin perder la calma, se negaba a dejarse llevar por Boomer, y que había sido una lástima que Aristófanes no estuviese allí para hacerle justicia.

Todo lo cual sucedía mientras cruzaban las puertas de hierro de la Universidad de Plutoria y recorrían su paseo principal bajo los olmos.

Como todo el mundo sabe, la universidad se encuentra en la avenida Plutoria, desde la que se divisan sus grandes puertas de hierro y las elevadas fachadas de los edificios de mayor tamaño, correspondientes a la Facultad de Ciencias Industriales y Mecánicas.

Se trata de unos edificios excepcionalmente hermosos, de quince pisos de altura y comparables a los mejores grandes almacenes y fábricas de la Ciudad. De hecho, después de la puesta de sol, cuando se encienden todas las luces para las clases técnicas de última hora y las máquinas de los laboratorios funcionan a toda potencia, mientras los estudiantes entran y salen de la facultad vestidos con sus batas, mucha gente confunde la universidad, o al menos la parte más moderna, con una fábrica. Un extranjero de paso dijo en una ocasión que los estudiantes parecían fontaneros, comentario que hizo henchirse de orgullo al rector, hasta el punto de que lo incluyó en su discurso para la ceremonia de graduación. Los periódicos se hicieron eco de la frase, así como la agencia Associated Press, y pusieron a circular por todos los Estados Unidos el siguiente titular: «Con aspecto de fontaneros. Felicitan a la Universidad de Plutoria por el carácter de sus alumnos». Y fue un día de orgullo para los responsables de la facultad de Industriales.

Pero la parte antigua de la universidad, situada en lo alto de una colina y escondida tras el follaje de los olmos del paseo, era tan tranquila y modesta que nadie la confundiría con una fábrica. Llevaba allí desde la época colonial, aunque a la sazón recibía el nombre de Colegio Concordia y constituía en sí misma toda la universidad. Por ella habían pasado generaciones de rectores y profesores a la antigua usanza, de los que llevaban largas barbas blancas y desvaídas ropas negras, y cobraban salarios de mil quinientos dólares.

La transformación del Colegio Concordia en Universidad de Plutoria, que afectó tanto al nombre como al carácter de la institución, había sido obra del doctor Boomer. Este había convertido un centro de enseñanza anticuado en una universidad en el sentido moderno de la palabra. Había conseguido que en Plutoria se enseñase de todo. En el Colegio Concordia, por ejemplo, no había más enseñanza religiosa que algunas charlas sobre la Biblia. Después de la transformación, en cambio, se daban conferencias que versaban también sobre el confucianismo, el mahometismo y el budismo, además de una optativa sobre ateísmo para los alumnos del último curso.

Y, como es natural, desde hacía ya mucho tiempo admitían mujeres en las facultades, de modo que había hermosas criaturas con peinados al estilo de Cléo de Mérode que estudiaban astronomía en pupitres de roble y miraban a los profesores con ojos como soles. La universidad enseñaba de todo y hacía de todo. En su azotea había máquinas que giraban para calcular la velocidad del viento y en sus sótanos un sismógrafo medía la intensidad de los terremotos; se impartían asignaturas de silvicultura, de odontología y de quiromancia; se daban lecciones en vivo en los barrios bajos y en muerto en el depósito de cadáveres. Ofrecía a los estudiantes clases sobre tal variedad de temas, materias y asignaturas que el alumno no tenía por qué aprender nada. Por otra parte, de sus imprentas brotaba una lluvia de boletines y monografías que caía sobre la Ciudad como si la universidad fuese un aspersor.

En realidad, como el doctor Boomer decía a los empresarios de la Ciudad, se había convertido en algo más que una simple universidad, ya que se trataba de una *universitas* en el sentido estricto, y cada una de sus facultades era ya una *facultas* en la acepción más exacta del término, mientras que sus estudios eran verdaderamente y con toda propiedad *studia;* de hecho, si los empresarios quisiesen construir unas cuantas residencias más y dotar a la universidad de fondos para crear un *fondatum* o *fondum* como debe ser, entonces podría dar su labor por concluida.

Cuando los tres personajes subían por el paseo de los olmos se cruzaron con un grupillo de alumnos cargados de libros, alumnas ataviadas con sombreros de estilo Victoria de Samotracia y profesores que lucían los abrigos del año anterior. Al verlos, algunos sonrieron y otros se estremecieron.

—Ese es el profesor Withers —dijo el rector como con lástima cuando se cruzaron con uno de los que se estremecían—. Pobre Withers. —Y suspiró.

—¿Qué le pasa? —preguntó el Mago—. ¿Está enfermo?

—No, no está enfermo —respondió el rector con tristeza, en voz baja—. Lo que le pasa es que es poco eficaz.

—¿Poco eficaz?

—Por desgracia, sí. Fíjese usted que no digo que sea poco eficaz en todos los sentidos. No, no, en absoluto. Si viniera alguien y me dijera: «Boomer, necesito un botánico de primera categoría», yo le diría: «Llévese a Withers». Lo diría sin pensarlo.

Y esto era cierto, sin duda lo habría dicho. En realidad, si alguien le hubiera hecho semejante petición, el doctor Boomer habría cedido gustoso a la mitad del profesorado.

—Bueno, ¿y entonces qué le pasa? —repitió Tomlinson—. Supongo que en determinados aspectos no da la talla, ¿no?

—Exactamente —contestó el rector—, no da la talla, ha dado usted en el clavo. *Capax imperii nisi imperasset*, como sin duda habrá pensado también usted. La cuestión es que Withers, aunque es un gran tipo, no sabe manejar grupos grandes. Con grupos pequeños le va bien, pero cuando son grandes está perdido. Es incapaz de controlarlos.

—Ya, incapaz de controlarlos —repitió el Mago.

—Sí. Pero ¿qué puedo hacer? Ahí está. No puedo despedirlo. No puedo presionarlo. Más que nada, no puedo jubilarlo y pagarle la pensión. Para ello necesitaría dinero.

Llegados a este punto, el rector aflojó un poco el paso y miró de reojo al posible benefactor. Pero Tomlinson no dejó entrever sentimiento alguno.

Se cruzaron con otro profesor.

—Uno más —dijo el rector—. Ese es otro caso de ineficacia: el profesor Shottat, nuestro catedrático de Lengua Inglesa.

—¿Qué le pasa? —preguntó el Mago.

—No sabe manejar grupos pequeños —respondió el rector—. Con los grupos grandes es excelente, pero con los pequeños no tiene nada que hacer.

De este modo, antes de llegar al final del largo paseo de la universidad, el señor Tomlinson había tenido ocasiones de sobra para comprobar por sí mismo la urgente necesidad de dinero de la Universidad de Plutoria y los apuros de su rector. Este le mostró profesores a los que se les daban bien los alumnos de primer curso, pero hacían gala de una total incapacidad con los de segundo; otros que no tenían problemas con los de segundo, pero en cambio los de tercero se les iban de las manos; y, finalmente, algunos que controlaban a los de tercero, pero se derrumbaban ante los de cuarto. Había profesores que se manejaban bien dentro de su propio ámbito de estudio, pero que no servían para nada en cualquier otro campo; otros que estaban tan ocupados en materias ajenas a su especialización que en esta eran unos verdaderos ineptos; otros que dominaban su materia, pero no sabían dar clase; y otros que eran muy buenos pedagogos, pero no tenían ni idea de la materia.

En conclusión, saltaba a la vista —y ese era el propósito del rector— que el doctor Boomer necesitaba con urgencia una suma de dinero suficiente para permitirle despedir a todo el mundo menos a sí mismo y al doctor Boyster. Este pertenecía a una categoría aparte. Conocía al rector desde hacía cuarenta y cinco años, cuando él no era más que un muchacho regordete y con gafas que estudiaba filología clásica y se atiborraba de verbos irregulares griegos como si de ostras se tratase.

Pero pronto se hizo evidente que la necesidad de despedir a los profesores era solo uno de los problemas de la universidad. También había que pensar en los edificios.

—Esto, aunque me avergüence decirlo —explicó el doctor Boomer cuando pasaban por el pórtico de imitación griega de la antigua sede del Colegio Concordia—, es nuestro hogar original, el *fons et origo* de nuestros estudios, nuestra Facultad de Artes.

Era, en efecto, un edificio ruinoso, si bien aún conservaba cierta majestuosidad, sobre todo si uno se paraba a pensar que tenía más o menos el mismo aspecto desde la época en que los estudiantes lo habían abandonado en tropel para alistarse en el ejército del Potomac e incluso tres generaciones antes, cuando se suspendieron las clases y los estudiantes se calaron sus tricornios, empuñaron sus mosquetes y se unieron a las milicias que apoyaban al general George Washington.

El doctor Boomer, no obstante, solo pensaba en derribar el edificio y construir en ese solar una verdadera *facultas* de diez pisos de altura, con ascensores.

Tomlinson echó una humilde ojeada en derredor al entrar en el vestíbulo. En las paredes estaban colgados boletines, horarios y avisos que daban fe de la actividad del lugar. Había uno que decía: «El profesor Slithers no podrá asistir a sus clases de hoy»; en otro se leía: «Por enfermedad, el profesor Shottat no impartirá sus clases este mes»; y había otro que rezaba: «Debido a la indisposición del profesor Podge, se suspenden todas las clases de Botánica, si bien el profesor confía en poder asistir al *picnic* botánico y excursión al lago Loon que tendrá lugar el sábado por la tarde». No obstante, a través de estos avisos se podía percibir la agotadora rutina de trabajo del cuerpo docente. Alguien familiarizado con los quehaceres de la universidad no repararía en ello, pero Tomlinson quedó asombrado al ver la frecuencia con que los profesores enfermaban por exceso de trabajo.

En el vestíbulo, colocados en hornacinas, había por todas partes bustos de bronce de hombres con aspecto de romanos, con el cuello al aire y el borde de una toga echado sobre cada hombro.

—¿Quiénes son esos? —preguntó Tomlinson, señalando los bustos.

—Algunos de los principales fundadores y benefactores de la facultad —contestó el rector.

Al oír esta respuesta, las esperanzas del pobre Tomlinson se vinieron al suelo, pues se dio cuenta del tipo de hombre que había que ser para que la universidad lo aceptase a uno como benefactor.

—Un grupo espléndido de hombres, ¿no le parece? —comentó el rector—. Les debemos mucho. Este es el difunto señor Hogworth, un hombre con un corazón de oro —dijo, señalando una cabeza de bronce con una corona de laurel, bajo la que estaba inscrita la siguiente leyenda: «Guliemus Hogworth, Litt. Doc.»—. Amasó una gran fortuna en el mercado de productos alimenticios y quiso demostrar su gratitud hacia la comunidad sufragando la construcción del anemómetro instalado en la azotea del edificio, que sirve para medir la velocidad del viento. Y la única condición que puso fue que en los informes semanales se escribiera su nombre justo al lado de la velocidad del viento. El busto de al lado es del difunto señor Underbugg, fundador de nuestras conferencias sobre los Cuatro Evangelios, para lo cual puso como único requisito que mencionáramos su nombre siempre que hagamos referencia a los Evangelios.

—¿Qué significa eso que pone detrás del nombre? —preguntó Tomlinson.

—¿«Litt. Doc.»? —dijo el rector—. Doctor en Letras, nuestro título honorífico. Para nosotros siempre es un placer otorgárselo a nuestros benefactores tras una votación del cuerpo docente.

Llegados a este punto, los doctores Boomer y Boyster dieron media vuelta y miraron tranquila y fijamente al Mago de las Finanzas. Ambos estaban convencidos de que le ofrecían un trato ventajoso y honorable.

—Sí, señor Tomlinson —dijo el rector, mientras salían del edificio—, no me cabe duda de que comienza usted a darse cuenta de nuestra infeliz situación. Dinero, dinero, dinero —repitió como perdido en sus pensamientos—. Si yo consiguiese dinero, antes de quince días no quedaría piedra sobre piedra de ese edificio.

Desde el edificio central los tres pasaron al museo, donde mostraron a Tomlinson un enorme esqueleto de *Diplodocus maximus,* sin dejar de advertirle que no debía confundirlo con el *Dinosaurus perfectus,* cuyos huesos, por otra parte, podrían comprar en caso de que algún hombre de buen corazón llegase a la universidad y les preguntase: «Caballeros, ¿qué puedo hacer por ustedes?». O, mejor aún, como se daba el caso de que el museo entero estaba completamente anticuado, pues llevaba veinticinco años funcionando, parecía posible derribarlo por entero si se conseguía una suma de dinero suficiente para ello; y también podrían despedir a su conservador, casi contemporáneo del propio *Dinosaurus,* si le proporcionaban a cambio una pensión equivalente al cincuenta por ciento de su sueldo. Pero para ello debía aparecer alguna alma caritativa dispuesta a financiar el despido.

Del museo pasaron a la biblioteca, donde había retratos de cuerpo entero de más fundadores y benefactores vestidos con largas togas rojas, que sujetaban rollos de papel o escribían con sus plumas en pergaminos, con un templo griego y una tormenta eléctrica como fondo.

También allí daba la impresión de que la apremiante necesidad del momento era que alguien llegase a la universidad y dijese: «Caballeros, ¿qué puedo hacer por ustedes?», lo cual haría posible coger la biblioteca entera, pues tenía veinte años de antigüedad y estaba obsoleta, volarla con dinamita y borrarla del mapa.

Entretanto, Tomlinson iba perdiendo cada vez más las esperanzas. Las togas rojas y los rollos de papel lo superaban.

De la biblioteca pasaron a los elevados edificios que albergaban la Facultad de Ciencias Industriales y Mecánicas. De nuevo, por todas partes saltaban a la vista las lamentables carencias económicas de la facultad. Por ejemplo, en el departamento de Ciencias Físicas había un amasijo de aparatos para los que la universidad no podía costear unas instalaciones adecuadas, en tanto que en el departamento de Química había enormes espacios que la universidad no había logrado dotar de equipos, y así sucesivamente. En realidad, el método del doctor Boomer consistía en conseguir financiación primero para unas instalaciones demasiado grandes y luego apelar a la generosidad pública a fin de adquirir más aparatos de los que cabrían en ese espacio. Gracias a este sistema, en la Universidad de Plutoria las ciencias industriales avanzaban a pasos de gigante.

Pero, por encima de todo, el Mago de las Finanzas se interesó por el departamento de Electrónica. En esta ocasión, su voz perdió su habitual tono dubitativo, miró a la cara al doctor Boomer y comenzó:

—Tengo un muchacho...

—¡Ah! —lo interrumpió el doctor Boomer, mostrando a un tiempo sorpresa y un gran alivio—. ¡Tiene usted un muchacho!

El tono de su voz era muy significativo. En realidad, con esta frase quería decir: «Ahora sí que lo tenemos donde queremos». El rector cruzó con el profesor de Griego una mirada de complicidad.

Al cabo de menos de cinco minutos, el rector, Tomlinson y el doctor Boyster estaban discutiendo con gravedad en qué términos y de qué manera se podría admitir a Fred en la Facultad de Ciencias Industriales. Cuando el rector supo que Fred había estudiado cuatro años en la escuela de la sección número tres del condado de Cahoga y que había sido el primero de la clase en Cálculo, asintió con gravedad y dijo que era solo cuestión de *pro tanto;* que, de hecho, estaba convencido de que se admitiría a Fred *ad eundem.* Pero el verdadero requisito que pretendían ponerle a su admisión, por supuesto, no se mencionó.

Solo hubo una puerta en la Facultad de Ciencias Industriales y Mecánicas que no traspasaron: una pesada puerta de roble, situada al final de un pasillo, con una inscripción en la que se leía: «Laboratorios Geológicos y Metalúrgicos». De la puerta colgaba un cartel con el siguiente mensaje (redactado en el estilo cortés de las ciencias mecánicas, prácticamente equiparable a la elegancia de la correspondencia comercial): «Ocupado. No entrar».

El doctor Boomer leyó el cartel.

—¡Ah, sí! —exclamó—. Sin duda Gildas está ocupado con sus análisis. Mejor no molestarlo.

El rector siempre se alegraba de encontrar a algún profesor ocupado. Daba buena impresión.

Pero, si el doctor Boomer hubiese sabido lo que sucedía tras la puerta de roble del departamento de Geología y Metalurgia, se habría sentido muy afligido.

Pues, una vez más, Gildas, catedrático de Geología, trabajaba entre sus llamitas azules en una prueba final de la que dependía el destino de Auríferas de Erie Fusionadas y de todo aquello que estuviese relacionado con la empresa.

Ante él tenía unos veinte o treinta paquetes llenos de terrones y virutas de mineral que refulgían en la mesa del laboratorio. Tras el segundo informe de Gildas, la dirección de la empresa había enviado a un experto para que extrajera muestras a lo largo de todo el arroyo, incluso en zonas que estaban a casi veinte yardas, y le habían dado una generosa propina para que no abriera la boca.

El profesor Gildas trabajaba de pie analizando las muestras y luego las guardaba en cajitas de cartón blanco, en las que escribía con mucho cuidado y limpieza: «Pirita. Sin valor».

Junto al catedrático trabajaba un joven profesor auxiliar, que se había licenciado el año anterior. De hecho, era él quien había escrito la educada nota que colgaba de la puerta.

—Pero ¿de qué mineral se trata? —preguntó.

—De un sulfuro de hierro —respondió el profesor— o pirita de hierro. De aspecto es prácticamente idéntico al oro. De hecho, a lo largo de la historia —prosiguió, comenzando a hablar como si estuviese en el aula y cayendo en la manía profesional de remontarse veinte siglos atrás para explicar cualquier cosa con propiedad—, muchas veces lo han confundido con el precioso metal. Los antiguos lo llamaban «el oro de los necios». Martin Frobister volvió de la isla de Baffin con cuatro barcos cargados de pirita, creyendo que había descubierto El Dorado. Hay grandes depósitos en las minas de Cornualles y podría ser —aquí el profesor midió bien sus palabras, como si dijese algo por lo que no podía poner la mano en el fuego— que las islas Casitérides de los fenicios contuviesen depósitos del mismo sulfuro. De hecho, desafío a cualquiera —continuó, pues se sentía herido en su orgullo de científico— a que lo distinga del oro sin un análisis en el laboratorio. Admito que, en grandes cantidades y para una mano experta, su poco peso traicionaría su naturaleza. Pero, a no ser que se ponga a prueba su solubilidad en ácido nítrico y se compruebe que al calentarlo con el soplete la llama se vuelve azul, no se puede detectar. En conclusión, cuando cristaliza en dodecaedros...

—¿Vale algo? —lo interrumpió el profesor auxiliar.

—¿Que si vale? —repitió el catedrático—. ¡Ah! ¿Se refiere usted a si tiene algún valor comercial? Ni el más mínimo. Tiene mucho menos valor que, por ejemplo, el barro o la arcilla corrientes. En realidad, no sirve absolutamente para nada.

Se quedaron en silencio un rato, contemplando las llamitas azules que ardían sobre el hornillo.

Luego Gildas volvió a hablar.

—Lo curioso —dijo— es que las primeras muestras eran desde luego oro puro, de eso no me cabe la menor duda. Eso es lo que en verdad resulta interesante del asunto. Los caballeros implicados en la empresa perderán, como es natural, su dinero, de modo que no pienso aceptar los generosos honorarios que me habían ofrecido por mis servicios. Pero lo más importante, el verdadero punto de interés de este asunto sigue estando ahí. Sin duda nos encontramos ante un depósito esporádico de oro puro (lo que los mineros llaman una bolsa) en una formación devónica del periodo posterciario. Una vez establecido esto, debemos revisar por completo nuestra teoría de la distribución de las rocas ígneas y sedimentarias. De hecho, ya estoy recopilando mis notas para una ponencia que pienso presentar en la Conferencia Pangeológica y que titularé «Excreciones auríferas en los estratos devónicos: hipótesis de trabajo». Confío en poder pronunciarla en la próxima reunión.

El joven profesor auxiliar observó al catedrático entrecerrando un ojo.

—Yo que usted no lo haría —le dijo.

Ahora bien, este joven profesor auxiliar no sabía apenas nada de geología, porque pertenecía a una de las familias más ricas de la Ciudad y no lo necesitaba. Pero era un joven muy espabilado, que se vestía a la última moda, con botas marrones y una corbata con rayas diagonales, y en cinco minutos había aprendido más sobre dinero, negocios y bolsa que el profesor Gildas en toda su existencia.

—¿Por qué no? —preguntó el catedrático.

—¿Es que no se da cuenta de lo que ha ocurrido?

—¿Cómo?

—¿No entiende lo que ocurrió con las primeras muestras, cuando esos tipos se interesaron por el asunto y pusieron en marcha la empresa? ¿Es que no lo ve? Alguien las enriqueció.

—¿Que las enriqueció? —repitió Gildas, estupefacto.

—Sí, las enriqueció. Alguien se enteró de lo que eran y le dio a usted el cambiazo para que certificase que eran oro puro.

—Empiezo a comprender —murmuró el catedrático—. Alguien cambió las muestras, probablemente alguna persona deseosa de demostrar que se pueden hallar afloramientos de ese tipo en formaciones del posterciario. Ya veo, ya veo. No cabe duda de que pretendía preparar un artículo sobre el tema y probar sus tesis en el laboratorio. ¡Ahora lo veo claro!

El profesor auxiliar miró al catedrático con cierta conmiseración.

—¡Ahí lo tiene! —le dijo, riéndose para sus adentros.

—Bueno —dijo el doctor Boomer una vez que Tomlinson se hubo marchado de la universidad—. ¿Qué le parece este caballero?

El rector se había llevado al doctor Boyster a su casa, situada junto al campus, y allí, en su estudio, le había ofrecido un cigarro del tamaño de una soga, al tiempo que tomaba otro para sí mismo. Era señal de que el doctor Boomer quería que Boyster le diera su opinión en palabras comprensibles, sin latinajos.

—Una persona extraordinaria —respondió el profesor de Griego—, de una sagacidad asombrosa. Y hombre de pocas palabras, además. Doy por sentado que sus intenciones son claras, ¿no es así?

—Por supuesto —aseguró el doctor Boomer.

—Me parece evidente que está dispuesto a soltar el dinero con dos condiciones.

—Exacto —repuso el rector.

—La primera es que admitamos a su hijo, que no está en absoluto cualificado para ello, en la licenciatura de Ciencias Electrónicas; y la segunda, que le otorguemos a él el título de Doctor en Letras. Esas son sus condiciones.

—¿Podemos cumplirlas?

—¡Oh, desde luego! Con lo del hijo, no hay problema alguno, claro está; en cuanto al título, solo hace falta que lo vote el cuerpo docente. Creo que se podrá arreglar.

Y esa misma tarde se sometió la propuesta a votación. Bien es cierto que, si el cuerpo docente hubiese sabido lo que se susurraba en la Ciudad sobre Tomlinson y su fortuna, jamás le habrían concedido ningún título. Pero resulta que en aquellos momentos el profesorado al completo se hallaba absorto en una de esas grandes crisis educativas que de vez en cuando sacuden la universidad hasta los cimientos. La reunión de aquella tarde prometía hacerles perder todo vestigio de decoro con la excitación del momento. Pues, como decía el decano Elderberry Foible, director del claustro, la moción que tenían que votar prácticamente equivalía a una revolución. La propuesta era, ni más ni menos, permitir el uso de lápices de plomo en vez de pluma y tinta en los exámenes semestrales. Cualquiera que conozca a fondo la vida universitaria se dará cuenta de que para gran parte del profesorado esto representaba un terrible ataque de la democracia socialista contra un sólido baluarte de la sociedad. Debían repeler el ataque o morir en el empeño. Para otros, se trataba de un paso más en el extraordinario progreso de la educación democrática, solo comparable al abandono de la toga y el birrete, la omisión del tratamiento de «señor» al dirigirse a los profesores y otros acontecimientos que habían marcado época.

No es de extrañar que la lucha fuera encarnizada. Elderberry Foible, con la ahuecada cabellera blanca toda revuelta, golpeaba en vano con el mazo para llamar al orden. Al fin, el profesor Chang, de Fisiología, un hombre que era un verdadero derroche de energía, famoso por ser capaz de trabajar hasta tres o cuatro horas del tirón, propuso al cuerpo docente postergar la moción y reunirse de nuevo el sábado siguiente por la mañana, para continuar con el debate. Esta revolucionaria sugerencia, que implicaba trabajar en sábado, sembró la confusión entre los allí congregados, hasta que Elderberry Foible propuso aplazar la discusión sobre el uso de los lápices de plomo seis meses, periodo tras el cual un comité especial formado por diecisiete profesores, con potestad para aumentar su número, convocar testigos y, de ser necesario, escuchar sus testimonios, informaría sobre el caso «de novo». Finalmente se aceptó esta moción, tras eliminar las palabras «de novo» y sustituirlas por «ab initio», tras lo cual los profesores se apoyaron en sus respaldos completamente agotados, con una expresión en la cara que pedía a gritos un té con tostadas.

Este fue el momento escogido por el doctor Boomer, que comprendía a los profesores como pocos hombres lo han hecho, para entrar sin hacer ruido en la sala, dejar su sombrero de copa sobre un volumen de Demóstenes y proponer a votación el otorgamiento del título de Doctor en Letras a Edward Tomlinson. Expuso que no tenía necesidad de recordarle al cuerpo docente los servicios que

Tomlinson había prestado a la nación, porque todos los conocían. Algunos de los profesores, de hecho, pensaron que se refería al Tomlinson que había escrito una famosa monografía sobre el subíndice iota, mientras que otros supusieron que hablaba de Tomlinson, el famoso filósofo, cuyo último libro sobre «la indivisibilidad de lo inseparable» estaba revolucionando por entonces el mundo entero. En cualquier caso, dieron el visto bueno a la concesión del título sin pronunciar una queja, aún débiles y exhaustos.

Pero, mientras la universidad le concedía a Tomlinson el título de Doctor en Letras, en los círculos financieros de la Ciudad le otorgaban títulos de muy distinta índole. Idiota, sinvergüenza o estafador eran algunos de los más suaves. Todas las carteras con las que de algún modo se relacionaba su nombre caían en picado, llevándose por delante los beneficios acumulados del Mago, a razón de mil dólares por minuto.

No solo se ponía en tela de juicio su honestidad, sino que se iba más allá y se dudaba de sus habilidades financieras.

—El tipo —decía el señor Lucullus Fyshe, sentado en el Club Mausoleo, por fin tranquilo tras haberse desprendido de todas sus acciones de Auríferas de Erie Fusionadas— es un ignorante. El otro día le planteé, como quien no quiere la cosa, una pregunta sencillísima sobre finanzas. Le dije: «Los bonos de T. C. han subido veintidós enteros y medio en una semana. Tanto usted como yo sabemos que se trata de bonos de garantía colateral y que esos valores no pueden ni podrán jamás generar ni un solo dividendo a la par. Ahora bien», continué, pues quería ponerlo a prueba, «¿podría usted decirme lo que esto significa?». No va usted a creérselo, pero el tipo me miró a la cara con esa expresión de idiota que tiene y me dijo: «¡No lo sé!».

—¡Dijo que no lo sabía! —repitió su interlocutor con desdén—. ¡Ese tipo es un imbécil!

El motivo de todo esto era que entre los miembros de la junta de Auríferas de Erie Fusionadas circulaban en susurros los resultados de las investigaciones del catedrático de Geología. Y tanto los directivos como los principales accionistas se afanaban en ejecutar el interesante proceso que en lenguaje técnico se conoce como «deshacerse de las acciones». Jamás la diligencia de cualquier granjero del condado de Cahoga ocupado en la siega ante la amenaza de una tormenta fue mayor que la que demostraban los principales accionistas de Auríferas deshaciéndose de sus carteras. El señor Lucullus Fyshe le endosó la cuarta parte de sus acciones a un incauto del Club Mausoleo con unas pérdidas del treinta por ciento. Como su prudencia le aconsejaba que no debía conservar el resto bajo ningún concepto, inmediatamente se lo traspasó al Orfanato e Inclusa de Plutoria, en concepto de donativo. El incauto comprador de las acciones del señor Fyshe, por su parte, descubrió demasiado tarde la locura que acababa de cometer, de modo que corrió a ver a sus abogados para que se las traspasaran al Hogar de los Incurables.

El señor Asmodeus Boulder transfirió toda su participación en Auríferas de Erie a la Sociedad de Auxilio a los Retrasados y el señor Furlong padre le pasó la suya a una misión china a la velocidad del rayo.

En el despacho de Skinyer y Beatem, los abogados de la compañía, todos trabajaban sin descanso redactando es-

crituras de compraventa, de donación y de fideicomiso a perpetuidad, que apenas tenían tiempo de pasar a máquina.
En menos de veinticuatro horas, gran parte de las acciones iba camino de estar en manos de retrasados, huérfanos,
protestantes, expósitos, deficientes, misioneros, chinos y
otros grupos poco inversores, aunque Tomlinson, el Mago
de las Finanzas, seguía siendo el accionista mayoritario y
más antiguo. En cualquier caso, ¿quién sabe si el buenazo
de Tomlinson, que en esos momentos planeaba con su mujer la donación de su vasta fortuna a la Universidad de Plutoria, no se habría sentido más a gusto con los nuevos accionistas de la compañía que con los antiguos?

Sea como sea, entretanto el despacho de Skinyer y
Beatem bullía de actividad. Pues no solo redactaban las
escrituras de cesión a perpetuidad a la mayor velocidad
posible para un cerebro legal que hace horas extraordinarias, sino que en otro lugar de las oficinas una parte de
la firma estaba ocupada en prepararse para las deman-
das por fraude, las órdenes de embargo, los interdictos de
traspaso de activos y toda la artillería legal que esperaban
que se les echase encima en cualquier momento. Y trabajaban como un cuerpo de ingenieros militares encargado de fortificar una ladera, con la alegría de la batalla
reflejada en sus rostros.

Podía desatarse la tormenta en cualquier momento.
En las oficinas del *Trasfondo Financiero* ya tenían las ga-
leradas de una edición especial encabezada por un titular de tres pulgadas:

QUIEBRA DE AURÍFERAS DE ERIE FUSIONADAS
SE ESPERA DETENCIÓN DEL SUJETO TOMLISON ESTA TARDE

Skinyer y Beatem habían pagado dos mil dólares en efectivo al director del periódico, hombre de dudosa honestidad, para que retrasara veinticuatro horas la publicación del número especial; el director, por su parte, había pagado veinticinco dólares por cabeza a los redactores, de honestidad igualmente dudosa, para que no hiciesen correr la noticia, y diez dólares a cada uno de los cajistas, tan deshonestos como aquellos, para que cerrasen la boca hasta la mañana siguiente; de todo lo cual resultó que, partiendo del director y de los subdirectores, reporteros y cajistas, la noticia de que Auríferas de Erie Fusionadas iba a volar en pedazos como una bomba de dinamita se extendió como reguero de pólvora por la Ciudad. Corrió de calle en calle transportada por mil lenguas murmurantes y llegó a los pasillos de los tribunales de justicia y a los vestíbulos de los edificios de oficinas, hasta que incluso el último hombre honrado poseedor de alguna acción de esa cartera se echó a temblar y se apresuró a regalarla, venderla o destruirla. Solo los impávidos retrasados, los afables huérfanos, los tranquilos sordomudos y los imperturbables chinos se aferraron a lo que tenían. Así fue gestándose la tormenta hasta que la Ciudad entera, igual que antes ocurriera en el vestíbulo del Gran Palazo, se llenó de una silenciosa «llamada para el señor Tomlinson», muda y terrible.

Y mientras sucedía todo esto y en tanto que Skinyer y Beatem ponían a cien sus plumas y sus claqueteantes máquinas de escribir, llamaron débilmente a la puerta, con timidez, y ante los ojos atónitos de los empleados de la firma apareció «el sujeto Tomlinson» en persona, con su sombrero de fieltro de ala ancha y su abrigo largo y negro.

Y en cuanto Skinyer, el socio más veterano, oyó lo que Tomlinson quería, cruzó como una exhalación la oficina, se dirigió al despacho de su colega con su cara de hiena iluminada por la emoción, y dijo:

—Beatem, Beatem, ven a mi despacho. Este hombre es desde luego el mayor genio de los Estados Unidos. En lo que a calma y sangre fría se refiere, jamás he conocido otro igual. ¿A que no sabes lo que pretende hacer?

—¿El qué? —preguntó Beatem.

—Pues quiere darle toda su fortuna a la universidad.

—¡Repámpanos! —exclamó Beatem. Y los dos abogados se miraron, llenos de admiración por el asombroso genio y la seguridad de Tomlinson.

Y, sin embargo, lo que había ocurrido era muy sencillo.

Tomlinson había vuelto de la universidad dividido entre la esperanza y la duda. Veía claro que la universidad necesitaba dinero y esperaba poder darles toda su fortuna, que permitiría al doctor Boomer hacer derruir prácticamente el campus entero. Pero, como suele ocurrirle a la gente modesta, le faltaba valor para negociar el asunto. Le parecía que hasta ese momento los benefactores de la universidad habían sido hombres muy distintos a él, hechos de otra pasta. Fue Madre quien le ayudó a resolverlo.

—Bueno, Padre —le dijo—. Hay una cosa que he aprendido desde que tenemos dinero. Si quieres hacer algo y tienes dinero, siempre puedes pagarle a alguien para que lo haga por ti. ¿Por qué no vas a ver a los abogados que llevan los asuntos de la compañía y les pides que se ocupen del trato con la universidad?

Y, así, Tomlinson había aparecido en la puerta del despacho de Skinyer y Beatem.

—Desde luego, señor Tomlinson —dijo Skinyer, que ya mojaba la pluma en el tintero—, es sencillísimo. Puedo redactar un borrador de escritura de donación en menos que canta un gallo. De hecho, podemos hacerlo ahora mismo.

Lo que en realidad quería decir era: «De hecho, podemos hacerlo a toda velocidad para que yo me embolse unos honorarios de quinientos dólares aquí y ahora, mientras todavía pueda usted pagarlos».

—Bueno —prosiguió—, veamos en qué términos lo redactamos.

—Pues —dijo Tomlinson— quiero que escriba que le doy todas mis acciones de la compañía a la universidad.

—¿Todas? —preguntó Skinyer, al tiempo que le dirigía una discreta sonrisa a Beatem.

—Hasta el último centavo, sí, señor —contestó Tomlinson—. Usted ponga que se lo doy todo a la universidad.

—Muy bien —dijo Skinyer, y comenzó a escribir—: «Yo, etcétera, etcétera, del condado de...» Cahoga, creo recordar que era, ¿no es así, señor Tomlinson?

—Sí, señor —respondió el Mago—, allí es donde crecí.

—«... por la presente otorgo, cedo, lego y transfiero, y por la presente se hace efectivo dicho otorgamiento, cesión, legado y transferencia, la totalidad de las acciones, las participaciones, bienes heredables, etcétera, que poseo en etcétera, etcétera, y tal y cual» (como verá, señor Tomlinson, trato de expresarme con la mayor concisión posible) «a la institución, academia, colegio, escuela y universidad conocida por el nombre de Universidad de Plutoria, de la ciudad de etcétera, etcétera».

Se detuvo un momento.

—Bien, ¿y qué objeto o propósitos específicos he de indicar? —preguntó.

Tomlinson se lo explicó como pudo y Skinyer, trabajando a gran velocidad, hizo constar que la donación incluiría una Fundación de Demolición para deshacerse de los edificios, una Fundación de Retiro para deshacerse de los profesores, una Fundación de Aparatos para deshacerse de los aparatos y una Fundación de Destrucción General para deshacerse de cualquier cosa que no estuviera incluida en los apartados anteriores.

—Y, de ser posible, me gustaría hacer algo por el doctor Boomer, personalmente, de hombre a hombre —expuso Tomlinson.

—Muy bien —repuso Beatem, que ya apenas podía contener la risa—. Dele un buen pedazo de las acciones; por ejemplo, medio millón.

—Eso haré —dijo Tomlinson—. Se lo merece.

—No me cabe duda —admitió el señor Skinyer.

En pocos minutos las escrituras estaban redactadas y Tomlinson, exultante, estrechaba las manos de Skinyer y Beatem mientras les pedía que fijasen sus honorarios.

Algo que, en cualquier caso, ellos ya pensaban hacer.

—¿Crees que es legal? —le dijo Beatem a Skinyer, una vez que el Mago se hubo marchado—. ¿Se sostendrá?

—Qué va, no lo creo —contestó Skinyer—, ni por asomo. En realidad, más bien al contrario. Si lo detienen por salida fraudulenta a bolsa, yo diría que este traspaso contribuirá a meterlo entre rejas. Pero dudo mucho que puedan detenerlo. Fíjate que el tipo es condenadamente astuto. Sabes tan bien como yo que planeó la salida a bolsa con pleno conocimiento del fraude. Tú y yo lo sabemos, desde luego, pero gracias a nuestro instinto y nuestra experiencia, no porque tengamos pruebas de ello. El tipo ha sabido rodearse de principio a fin de un aura de buena fe que hará que sea realmente difícil atraparlo.

—¿Y qué crees que va a hacer ahora? —preguntó Beatem.

—Yo lo tengo clarísimo. Ya verás, en menos de veinticuatro horas habrá desaparecido y estará fuera del estado, de modo que, si quieren detenerlo, tendrán que pedir su extradición. Te digo que el tipo es extraordinariamente hábil. A su lado no valemos nada.

Y puede ser que en eso hubiese algo de verdad.

—Bueno, Madre —dijo el Mago cuando llegó a la *suite* de mil dólares, después de su reunión con Skinyer y Beatem, radiante de alegría—, está hecho. He puesto a la universidad en una situación en la que nunca antes ha estado ni esta ni ninguna otra universidad. Los propios abogados lo dicen.

—Eso está bien —respondió Madre.

—Sí, y al final ha sido una suerte no haber conseguido perder el dinero cuando lo intenté. Verás, Madre, lo que yo había pasado por alto era todo el bien que se podía hacer con ese dinero si un hombre se dedicaba a ello en cuerpo y alma. Cuando quieran, pueden ponerse manos a la obra y derribar todos esos edificios. ¡Vaya, es maravilloso lo que se puede hacer con dinero! ¡Qué alegría no haberlo perdido!

Aquella noche, estuvieron hablando hasta tarde y durmieron en su palacio de Aladino lleno de sueños dorados.

Pero, a la mañana siguiente, el palacio y sus sueños se derrumbaron en una súbita y terrible catástrofe, que estalló en el momento en que Tomlinson hizo su primera aparición en el vestíbulo. Aquel vasto espacio parecía conquistado por los boletines y las enormes hojas de los diarios de la mañana; la multitud iba de un lado a otro comprando periódicos, los hombres los leían de pie, y por todas partes veía Tomlinson estas palabras en grandes letras:

QUIEBRA DE AURÍFERAS DE ERIE
EL GRAN TIMO DEL ORO
SE ESPERA LA DETENCIÓN DEL SUJETO TOMLISON ESTA MAÑANA

El Mago de las Finanzas se quedó parado junto a una columna, con el periódico agitándose en sus manos, la mirada perdida, mientras en torno a él mil ojos impacientes y mil lenguas atropelladas llenaban su afligido corazón de vergüenza.

Allí lo encontró su muchacho, Fred, al que Madre había enviado en su busca. Al ver a la multitud furiosa y fijarse en el rostro acongojado de su padre, que parecía haber envejecido en un momento, algo se despertó en el alma del muchacho. No sabía qué había ocurrido, solo que su padre estaba allí parado, aturdido, derrotado, rodeado de grandes letras que decían:

DETENCIÓN DEL SUJETO TOMLISON

—Ven, padre, ven arriba —le dijo, y lo cogió del brazo y se lo llevó a rastras entre la multitud.

En la siguiente media hora, que Tomlinson, su mujer y Fred pasaron esperando la anunciada detención, sentados en medio del falso esplendor de su *suite* de mil dólares, el muchacho aprendió más de lo que la Facultad de Industriales de la Universidad de Plutoria podría haberle enseñado en diez años. La adversidad le clavó sus garras y al sentir ese contacto su corazón adolescente demostró estar hecho de mejor material que el falso oro de Auríferas de Erie. Mientras contemplaba la figura deshecha de su padre, que esperaba dócil la detención, y el rostro lloroso de su madre, en su alma comenzó a arder una gran ira.

—Cuando venga el *sheriff*... —dijo Tomlinson, y al hablar le temblaba el labio. La imagen de un *sheriff* era la única que le venía a la cabeza al pensar en una detención.

—No pueden detenerte, padre —intervino el muchacho—. Tú no has hecho nada. No has estafado a nadie. Te juro que, como intenten detenerte, les... —Y aquí se le quebró la voz y comenzó a sollozar, apretando los puños con furia.

—Tú y Madre quedaos aquí. Yo voy a bajar. Dadme vuestro dinero, que voy a pagarles para que podamos marcharnos y volver a casa. No pueden impedírnoslo. No hay motivo para que os detengan.

No, no lo había. Fred pagó la cuenta sin que nadie lo molestase, salvo los ojos que miraban con curiosidad y las lenguas que chismorreaban en el vestíbulo.

Al cabo de unas horas, mientras por la Ciudad seguía corriendo la noticia de su ruina, el Mago, su mujer y su hijo salieron de la *suite* de mil dólares, cargados con sus maletas. Un botones, con un gesto entre desdeñoso y servil, hizo ademán de ir a cogerlas, aunque para sus adentros se preguntaba si aún merecía la pena el esfuerzo.

—¡Ni se te ocurra tocarlas! —gritó Fred. Se había puesto de nuevo el tosco mono de trabajo con el que llegara de Cahoga y había algo amenazante en sus hombros anchos y en la firmeza de su gesto. El botones se escabulló.

Así pues, sin que nadie los detuviera ni les pusiera trabas, recorrieron el pasillo y el vestíbulo hasta llegar a la entrada del gran hotel.

Cuando salían, vieron junto a la puerta del Palazo a un empleado alto con uniforme y sombrero de media copa, al que los entendidos daban el nombre de *chasseur* o *huissier* (o alguna otra palabra extranjera que significaba que no hacía nada).

Al verlo Tomlinson se sonrojó y por un momento volvió a su rostro su antigua expresión de perplejidad.

—Me pregunto —empezó en un murmullo— cuánto debería...

—Ni un maldito centavo, padre —le dijo Fred mientras empujaba con el hombro al magnífico *huissier*—. Que trabaje.

Y, pronunciada tan admirable sentencia, el Mago y su hijo cruzaron las puertas del Gran Palazo.

No hubo detención alguna, ni en ese momento ni más tarde. Pese a las expectativas de la multitud que llenaba el vestíbulo del Gran Palazo y a los anuncios del *Trasfondo Financiero,* no se detuvo «al sujeto Tomlinson» ni cuando salió del hotel ni tampoco después, en la estación, mientras esperaba con Fred y Madre el tren que los llevaría de vuelta al condado de Cahoga.

No había motivos para su detención. Ese fue uno de los aspectos más asombrosos de la carrera del Mago de las Finanzas. Porque, cuando tanto los empleados de Skinyer y Beatem como los representantes legales de los huérfanos, los retrasados y los sordomudos terminaron de hacer sus cálculos sobre la situación de Auríferas de Erie Fusionadas, llegaron a una cifra más que aceptable. El falso oro sufragaba el coste del certificado de constitución, el capital de desarrollo había desaparecido y quienes más habían perdido preferían echar tierra sobre el asunto; en cuanto a Tomlinson, si se sumaban sus beneficios en el mercado de valores antes de la quiebra y se restaban la factura del Gran Palazo, los mil dólares que pagó a Skinyer y Beatem para recuperar la propiedad de la parte inferior de su finca y el precio de los tres billetes de tren a Cahoga, la cuenta de débito y crédito quedaba perfectamente equilibrada.

Así desapareció de la noche a la mañana toda la fortuna de Tomlinson, igual que en el desierto el espejismo de un palacio dorado provocado por la puesta de sol se desvanece sin dejar rastro ante los ojos de quien lo mira.

Algunos meses después de la quiebra de Auríferas de Erie, la universidad otorgó por fin a Tomlinson el título de Doctor en Letras *in absentia*. Una universidad debe mantener su palabra y el decano Elderberry Foible, que era la honestidad personificada, se había empeñado en que una votación del cuerpo docente de la Facultad de Artes, una vez que constase en acta, se convertía en algo tan inamovible como la roca devónica.

Así pues, le otorgaron el título. El decano Foible, de pie y vestido con una larga toga roja, delante del doctor Boomer, sentado y vestido con una larga toga azul, leyó, siguiendo la antigua tradición de la universidad, la sentencia en latín habitual en el otorgamiento del título de Doctor en Letras: «Eduardus Tomlinsonius, vir clarissimus, doctissimus, praestissimus», y muchas otras cosas acabadas en *-issimus*.

Pero el receptor del título no se hallaba presente. En esos momentos, estaba con su muchacho Fred en una ladera azotada por el viento, junto al lago Erie, hasta el que fluía el arroyo Tomlinson, ya libre de obstáculos. Tampoco el ojo podía notar la diferencia con la antigua imagen del riachuelo, pues Tomlinson y su hijo habían abierto un agujero en la presa con un pico y una palanca, de modo que día tras día el agua furiosa se fue llevando los restos del muro de contención hasta que desaparecieron por completo. Los postes de cedro que sujetaban las luces eléctricas habían pasado a formar parte de las cercas; los barracones de madera de las cuadrillas de italianos que trabajaban para Auríferas habían sido derruidos y convertidos en leña; y, justo donde se encontraban en ese momento, los cardos y el cadillo del exuberante verano conspiraban para esconder las huellas de su vergüenza. La Naturaleza extendía la mano y cubría con su manto de verdor la tumba del desaparecido El Dorado.

Y, desde la colina, el Mago y su hijo solo veían la ladera que bajaba hasta el lago y el arroyo que de nuevo murmuraba a los sauces, mientras el viento procedente de tierra agitaba las matas que crecían en las aguas poco profundas.

CUATRO

LA SOCIEDAD ORIENTAL YAHI-BAHI
DE LA SEÑORA RASSELYER-BROWN

LA SEÑORA RASSELYER-BROWN VIVÍA EN LA AVENIDA PLUTORIA,
en una enorme mansión de ladrillo arenisco, donde celebraba las elegantes reuniones que le han dado al nombre de Rasselyer-Brown la fama que lo rodea. El señor Rasselyer-Brown también vivía allí.

La fachada de la casa seguía en líneas generales el modelo de un *palazzo* italiano del siglo XVI. Si durante la cena se le preguntaba a la señora Rasselyer-Brown por este detalle (lo cual era el precio que había que pagar a cambio de beber champán de a cinco dólares la botella), ella respondía que la fachada era *cinquecentista,* pero que también se adornaba con las ventanas sarracenas con parteluz características de la escuela de Siena. No obstante, si a lo largo de la velada el invitado le comentaba al señor Rasselyer-Brown que, por lo que tenía entendido, su casa era *cinquecentista,* este contestaba que suponía que sí. Tras hacer este comentario y guardar silencio unos instantes, probablemente el señor Rasselyer-Brown le preguntaría al invitado si tenía sed.

De esto se puede deducir el tipo de gente que eran los Rasselyer-Brown.

En otras palabras, el señor Rasselyer-Brown constituía un grave impedimento para su esposa. En realidad, era más que eso, la palabra se queda corta. Era, como la propia señora Rasselyer-Brown confesaba a su círculo de íntimos (formado por unos trescientos amigos), un pelmazo. La buena mujer lo consideraba asimismo una atadura, un lastre, una carga y, en sus momentos de religiosidad, una cruz. Incluso en los primeros tiempos de su vida conyugal, unos veinte o veinticinco años atrás, su marido le había parecido una lata por dedicarse al negocio del carbón y la madera. Resulta duro para una mujer darse cuenta de que su esposo está amasando una fortuna con el carbón y la madera, y que la gente lo sepa. Es algo que ata. Lo que una mujer desea, por encima de todo —esto, por supuesto, es una cita de los pensamientos de la propia señora Rasselyer-Brown, tal y como se los expresó en numerosas ocasiones a sus trescientos amigos—, es espacio para crecer, para desarrollarse. Lo más duro de llevar es que le corten las alas a una, y en este sentido no hay nada peor que un marido que no distingue un Giotto de un Carlo Dolci, pero que en cambio sí diferencia el carbón menudo del ovoide, y al que nunca invitan a una cena en la que no se hable de hornos.

Estas fueron, como es natural, las primeras tribulaciones de su vida en común. En gran medida las habían superado o, por lo menos, las rosas del tiempo las habían suavizado.

Pero el hombre seguía siendo un pelmazo.

Aunque hacía mucho que había dejado la venta al por menor de carbón y madera, costaba soportar a un marido que poseía una mina de carbón y que compraba bosques para producir pulpa de madera en vez de misales iluminados del siglo XII. Una mina de carbón es un pésimo tema de conversación para la cena. Hace que una se sienta avergonzada ante sus invitados.

La cosa no iría tan mal —esto lo reconocía la propia señora Rasselyer-Brown— si su esposo hiciese algo. Es preciso entender bien esta frase. Quería decir si se hubiese dedicado a alguna afición. Por ejemplo, a coleccionar objetos. No había más que ver al señor Lucullus Fyshe, que elaboraba gaseosas, pero al mismo tiempo todo el mundo sabía que poseía la mejor colección de muebles rotos italianos del continente: no había una sola pieza entera en todo el lote.

Un caso similar era el del viejo señor Feathertop. No es que coleccionase objetos exactamente; de hecho, detestaba esa palabra. A menudo decía: «No me llaméis coleccionista. No lo soy. Sencillamente, recojo cosas. Allá donde dé en encontrarme, Roma, Varsovia, Bucarest, en cualquier parte —y fíjense qué sitios tan estupendos para dar en encontrarse—». ¡Y pensar que el señor Rasselyer-Brown jamás pondría el pie fuera de los Estados Unidos! En cambio, cuando el señor Feathertop volvía de lo que él llamaba «una escapadita a Europa», en menos de una semana todo el mundo sabía que había recogido el fondo de un violín en Dresde (en realidad, lo había descubierto por azar en una tienda de violines) y la tapa de una olla etrusca (había dado con ella, por pura casualidad, en una ollería de Etruria). Al enterarse de este tipo de cosas, la señora Rasselyer-Brown se desesperaba por la insignificancia de su esposo.

Por tanto, cualquiera podrá comprender lo dura de llevar que era su cruz.

—Querida —le decía a menudo a su amiga del alma, la señorita Snagg—, no me importarían tanto esos detalles —los detalles que no le importarían eran, por ejemplo, los dos millones de dólares en madera sin talar que Brown S. L., el espantoso nombre comercial del señor Rasselyer-Brown, iba a adquirir ese año— si mi marido hiciese algo. Pero no hace nada. Todos los días, después de desayunar, se va a su horrible despacho y nunca vuelve hasta la hora de la cena. Y por la noche lo único que hace es ir al club o asistir a alguna reunión de negocios. Desde luego, podría tener más ambiciones. ¡Ay, cómo me habría gustado nacer hombre!

Sí, sin duda era una vergüenza.

Así las cosas, la señora Rasselyer-Brown no podía contar con la ayuda de su marido en casi ninguna de las actividades que emprendía. Todos los miércoles, por ejemplo, cuando el Club de Amigos de Dante se reunía en su casa (cada semana escogían cuatro versos para meditar sobre ellos y luego los comentaban mientras comían), la señora Rasselyer-Brown tenía que cargar sola con todo el peso del asunto (esas eran sus palabras exactas, «cargar con el peso»). Cualquiera que haya cargado con el peso de cuatro versos de Dante durante toda una comida regada con vino del Mosela sabe hasta qué punto es duro de llevar.

Para todas estas cosas su esposo era un inepto, un verdadero inepto. No está bien avergonzarse del marido de una. Y, para hacerle justicia, la señora Rasselyer-Brown siempre les explicaba a sus trescientos íntimos que ella «no se avergonzaba de él», sino que, de hecho, «se negaba a avergonzarse». Pero le costaba mantener la compostura cuando, a su propia mesa, lo comparaban con hombres superiores. Porque, por ejemplo, al compararlo con el señor Sikleigh Snoop, el poeta del sexo, ¿cómo quedaba? A la altura del betún. El hombre ni siquiera entendía lo que decía el señor Snoop. Y, cuando este se plantaba junto al hogar, sosteniendo una taza de té en la mano, y hablaba sobre si el sexo era o no era la nota dominante en Botticelli, el señor Rasselyer-Brown se refugiaba en un rincón, vestido con su traje de etiqueta, que tan mal le sentaba, y a su afligida mujer le llegaban fragmentos de conversación como «Cuando empecé en el negocio del carbón y la madera...» o «Es un carbón que prende más rápido que el ovoide, pero da tanto calor como el menudo...», o incluso captaba estas palabras, pronunciadas en un susurro: «Si tienes sed durante la lectura...». Y esto en un momento en el que todos los presentes deberían haber estado escuchando al señor Snoop.

En realidad, no era esta la única cruz de la señora Rasselyer-Brown. Había otro problema que tal vez era más *real,* pero del que ella nunca hablaba. A decir verdad, de esa otra cruz nunca le contaba nada a nadie, ni siquiera a su amiga del alma, la señorita Snagg, ni a las señoras del Club de Amigos de Dante, ni tampoco lo mencionaba en la Sociedad Femenina de Tardes Artísticas ni en el Club de Bridge de los Lunes.

Pero, en cambio, los miembros del Club de Bridge, de la Sociedad Artística y del Club de Dante sí que lo comentaban entre sí.

Hablando en plata: el señor Rasselyer-Brown bebía. No es que fuera un borracho ni que bebiera demasiado, ni nada por el estilo. Sencillamente, bebía. Nada más.

No había exceso alguno en ello. El señor Rasselyer-Brown, por supuesto, comenzaba el día matando el gusanillo —y, a fin de cuentas, ¿quién no querría empezar a derechas la jornada dejando al gusanillo bien muerto?—. Más tarde, justo antes del desayuno, se tomaba un reconstituyente —¿y qué mejor precaución para un hombre de negocios que reconstituirse al desayuno?—. De camino a su despacho, por lo general le pedía a su chófer que parase un momento en el Gran Palazo y, si era un día lluvioso, entraba a tomarse algo para secarse los huesos. En cambio, si hacía frío se bebía algo que le hiciese entrar en calor y, en caso de que fuese uno de esos días despejados y soleados tan perniciosos para la salud, se tomaba cualquier cosa que le recomendase el camarero (un reconocido experto en salud) para tonificar el organismo. Después de todo esto, ya podía sentarse en su despacho y en dos horas hacía más transacciones, y más importantes, con el carbón, el carbón vegetal, la madera, la pulpa, la pulpa de madera y la madera de pulpa que el resto de los empresarios de la Ciudad en una semana. Faltaría más. Pues estaba reconstituido, animado y tonificado, y tenía el gusanillo bien muerto y el cerebro despejado, hasta el punto de que, salvo algún que otro hombre de negocios verdaderamente importante, muy pocos estaban a su altura.

A decir verdad, eran los negocios lo que había hecho que el señor Rasselyer-Brown comenzase a beber. No pasa nada porque un cajero que gana veinte dólares semanales trabaje con solo bocadillos y leche malteada en el estómago. Sin embargo, en los grandes negocios esto es imposible. Cuando alguien comienza a escalar posiciones, como le había sucedido al señor Rasselyer-Brown hacía veinticinco años, descubre que, si quiere sobrevivir, ha de eliminar la leche malteada de su dieta. Cualquier hombre en un puesto de responsabilidad tiene que beber. Si no, no se puede hacer ninguna transacción relevante.

Si dos hombres sagaces, más listos que el hambre, se reúnen para hacer una transacción en la que ambos pretenden sacar tajada, la única forma de conseguirlo es trasladarse a algún lugar como el comedor del Club Mausoleo y acabar parcialmente borrachos. Esto es lo que se llama el elemento humano de los negocios. Y, en comparación, la laboriosidad y la perseverancia no sirven para nada.

Pero donde más fuerza cobran estos principios es en las labores viriles que se desarrollan en plena naturaleza, como ocurre en el negocio de la madera, en el que hay que tratar constantemente con guardas forestales, exploradores y cecheros, profesiones cuyo propio nombre evoca la imagen de un tipo bebiendo whisky bajo una tuya.

Ahora bien —repitámoslo para que quede bien claro—, no había exceso alguno en la afición a la bebida del señor Rasselyer-Brown. De hecho, por mucho que se viera obligado a beber durante el día y al atardecer en el Club Mausoleo, en cuanto volvía a casa por la noche, la señora Rasselyer-Brown tenía como norma que no tomase nada. Puede que, según entraba, se pasase por el comedor y echase un traguito junto al aparador. Pero para él esto formaba parte del regreso, no de las horas posteriores. También es posible, si tenía el cerebro excesivamente cansado, que más tarde, cuando reinaba el silencio en la casa, bajase en pijama y bata para aclararse las ideas tomándose un brandi con agua o cualquier otra bebida apropiada a la calma de esas horas. Pero eso no contaba como beber. Para el señor Rasselyer-Brown era un sorbito y, como es natural, cualquier hombre necesita un «sorbito» en momentos en los que desdeñaría un trago.

115

Pero, a fin de cuentas, toda mujer puede verse reflejada en su hija y hallar consuelo al menos en eso. Porque,
como la propia señora Rasselyer-Brown admitía, su hija
Dulphemia era idéntica a ella. Por supuesto, había ciertas diferencias en el rostro y la figura. El señor Snoop lo
expresó divinamente cuando dijo que entre ellas había
las mismas diferencias que entre un Burne-Jones y un
Dante Gabriel Rossetti. Pero, pese a ello, madre e hija se
parecían tanto que la gente, o al menos alguna gente, las
confundía sin cesar por la calle. Y, puesto que cualquiera que las confundiese era un candidato perfecto para
recibir una invitación a cenar con champán de a cinco dólares la botella, mucha gente caía en la tentación de cometer ese error.

No cabe duda de que Dulphemia Rasselyer-Brown era
una muchacha con un carácter y un intelecto extraordinarios. Como cualquier joven con una hermosa cabellera rubia, de las que se peinan con raya al lado dejando que
un hermoso mechón les cubra parte de la frente, y ojos
de un azul intenso, suaves como un cielo italiano.

Hasta los hombres más viejos y serios de la Ciudad reconocían que, cuando hablaban con ella, notaban un entendimiento, una penetración y una profundidad que los
sorprendía. Por ejemplo, el viejo juez Longerstill, que en
la cena pasó una hora charlando con ella sobre la jurisdicción
de la Comisión Interestatal de Comercio, se convenció, por
cómo la muchacha lo miraba cada poco y exclamaba:
«¡Qué interesante!», de que tenía mente de abogado. Y el
señor Brace, ingeniero y consultor, que a los postres,
valiéndose de tres tenedores y una cuchara, le explicó sobre el mantel el método que sirve para regular el exceso
de caudal en el desagüe de la presa de Gatun, se dio cuen-

ta, por el modo en que la muchacha ladeaba la cabeza para seguir sus explicaciones y exclamaba: «¡Qué extraordinario!», de que la joven tenía cabeza de ingeniera. Del mismo modo, todos los visitantes extranjeros que pasaron por la Ciudad quedaron encantados con ella. El vizconde FitzThistle, que pasó media hora explicándole a Dulphemia los vericuetos del problema de Irlanda, quedó prendado por el rápido entendimiento del que ella hizo gala cuando al acabar le preguntó, sin dudarlo un instante: «¿Y quiénes son los nacionalistas?».

Este tipo de detalles es representativo del mejor intelecto femenino. Un hombre de verdad no tendría problema en reconocerlo al instante. En cuanto a los jóvenes, como es natural, acudían en manadas a la residencia de los Rasselyer-Brown. Había una tanda los domingos a las cinco, enfundados en largas levitas negras, sentados todos tiesos en sillas con respaldo alto, tratando de tomarse el té con una sola mano. Se podía ver a atléticos universitarios del equipo de fútbol americano que se esforzaban por hablar sobre música italiana, y a tenores italianos del Gran Teatro de la Ópera que intentaban a toda costa charlar sobre fútbol universitario. Había jóvenes empresarios que hablaban de arte y jóvenes artistas que se interesaban por los negocios. Porque, por supuesto, la residencia de los Rasselyer-Brown era el tipo de hogar cultivado donde la gente educada y con gusto tiene la posibilidad de hablar de temas que ignora y de expresar con total libertad ideas de las que carece. Solo de tarde en tarde, cuando alguno de los profesores de la cercana universidad entraba ruidosamente en la sala, la conversación quedaba hecha añicos bajo el martillo del conocimiento exacto.

Quienes entendían de esas cosas llamaban a este proceso «salón». Mucha gente decía que los encuentros vespertinos en casa de la señora Rasselyer-Brown eran similares a los deliciosos salones dieciochescos, pero, fuese o no fuese esto cierto, no cabe duda de que el señor Rasselyer-Brown, gracias a cuyas atenciones algunos invitados escogidos se refugiaban a hurtadillas en el mirador trasero del comedor, hacía lo posible para lograr que su casa no tuviese nada que envidiar a los mejores salones del Lejano Oeste.

Ahora bien, resultaba que la vida social de la Ciudad estaba atravesando un momento de escasa actividad. El Gran Teatro de la Ópera había sufrido un gran déficit y se había visto obligado a cerrar sus puertas. No había quedado de él más que un comité de señoras que se esforzaban por conseguir el dinero necesario para que el *signor* Puffi abandonase la Ciudad y otro comité que generosamente se dedicaba a recaudar fondos para que el *signor* Pasti pudiera permanecer en la Ciudad. Aparte de esto, la ópera había muerto, aunque el hecho de que el déficit se hubiese duplicado con respecto al año anterior demostraba que el interés del público por la música crecía. Y es que se trataba de un momento particularmente complicado del año. Aún era pronto para ir a Europa y ya era tarde para las Bermudas. Hacía demasiado calor en el sur y, por otra parte, demasiado frío en el norte. A decir verdad, no había más remedio que quedarse en casa, lo cual era un espanto.

Por consiguiente, la señora Rasselyer-Brown y sus trescientos amigos iban de un lado a otro por la avenida Plutoria, buscando en vano alguna novedad. Se desplazaban como mareas de seda de una partida de *bridge* a una merienda con tangos. Se derramaban como líquidos aludes de color en concurridas recepciones y se sentaban en deslumbrantes filas para escuchar conferencias sobre la concesión del derecho al voto a las mujeres. Pero hasta la fecha todo seguía provocándoles un gran hastío.

Pues bien, resultó que, tal vez por accidente o tal vez por obra de algún designio, justo en ese momento de tedio generalizado la señora Rasselyer-Brown y sus trescientos amigos supieron de la presencia en la Ciudad del señor Yahi-Bahi, el famoso místico oriental. Era tan famoso que a nadie se le pasó por la cabeza preguntar quién era o de dónde había salido. Se limitaron a contárselo unos a otros, repitiendo que se trataba del famoso Yahi-Bahi. Para quienes lo ignoraban, añadían que el nombre se pronunciaba *yajibaji* y que la doctrina que predicaba era el buhuismo. Si alguien deseaba conocer más detalles del tema, se le explicaba que era una forma de shuduismo, solo que más intensa. De hecho, se trataba de una doctrina esotérica, dato que hacía comentar a todo el mundo la infinita superioridad de los pueblos orientales con respecto a nosotros.

Puesto que la señora Rasselyer-Brown siempre encabezaba cualquier cosa que se hiciese en los mejores círculos de la avenida Plutoria, como es natural fue la primera persona que visitó al señor Yahi-Bahi.

—Querida —diría después, al describirle la experiencia a su amiga del alma, la señorita Snagg—, fue de lo más interesante. Nos subimos al automóvil, nos fuimos a la parte más peculiar de la Ciudad, a la casita más extraña que puedas imaginarte, y subimos por las escaleras más estrechas que he visto en mi vida... Todo muy oriental, la verdad, parecía una escena sacada del Corán.

—¡Qué fascinante! —repuso la señorita Snagg. Pero lo cierto es que, si la casa que ocupaba el señor Yahi-Bahi la hubiese habitado, como bien podría haber sido el caso, un conductor de tranvía o un guardafrenos del ferrocarril, la señora Rasselyer-Brown no la habría considerado en absoluto peculiar ni fascinante.

—Dentro había cortinas por todas partes —prosiguió—, con imágenes de serpientes y de dioses indios, absolutamente estrambóticas.

—¿Y viste al señor Yahi-Bahi? —preguntó la señorita Snagg.

—Qué va, querida. Solo estuve con su ayudante, el señor Ram Spudd, un hombrecillo de lo más peculiar; por lo que sé, bengalí. Se colocó delante de una cortina, abrió los brazos y se negó a dejarme pasar. Me dijo que el señor Yahi-Bahi estaba meditando y que no se lo debía importunar.

—¡Qué maravilla! —cacareó la señorita Snagg.

En realidad, el señor Yahi-Bahi estaba sentado detrás de la cortina, comiéndose una lata de cerdo con alubias de diez centavos.

—Lo que más me gusta de los orientales —continuó la señora Rasselyer-Brown— es la maravillosa delicadeza de sus sentimientos. Después de explicarle que el propósito de mi visita era invitar al señor Yahi-Bahi a que viniera a hablarnos del buhuismo, cuando ya me iba, saqué un billete de un dólar del bolso y lo dejé en la mesa. Deberías haber visto de qué modo lo cogió el señor Ram Spudd. Se inclinó en una reverencia hasta casi tocar el suelo y me dijo: «Que Isis la guarde, hermosa dama». ¡Qué espléndida cortesía, y eso que en apariencia despreciaba el dinero! Cuando ya salía no pude evitar ponerle otro billete de un dólar en la mano, y él lo cogió como si no se diese cuenta de lo que hacía y murmuró: «Que Osiris la proteja, ¡oh, flor de las mujeres!». Y cuando ya me subía al automóvil de nuevo le di un billete de un dólar y él me dijo: «Que Osis y Osiris se alíen para prolongar su existencia, ¡oh, lirio de los campos de arroz!». Y, dicho esto, se quedó de pie junto a la puerta del automóvil y esperó sin moverse hasta que me fui. ¡Tenía en los ojos una mirada extraña, embelesada, como si aún esperase algo!

—¡Qué exquisitez! —murmuró la señorita Snagg. Se ganaba la vida murmurando este tipo de comentarios para la señora Rasselyer-Brown. En líneas generales, teniendo en cuenta las entradas para la ópera y las cenas, no le iba nada mal.

—¿A que sí? —contestó la señora Rasselyer-Brown—. ¡Qué diferencia con nuestros hombres! Me sentía tan avergonzada de mi chófer, el nuevo, ya sabes, nada que ver con Ram Spudd: la tosquedad con que abrió la puerta, la grosería con que se colocó en su asiento y la brutalidad con que encendió el motor... De verdad que me sentí avergonzada. Y encima se las apañó (estoy segura de que lo hizo a propósito) para salpicar de barro al señor Spudd cuando puso en marcha el automóvil.

Sin embargo, lo curioso es que la opinión que tenían otras personas sobre el nuevo chófer, como por ejemplo la propia señorita Dulphemia Rasselyer-Brown, a cuyo servicio dedicaba la mayor parte de su jornada de trabajo, era muy distinta.

Lo que hacía que tanto la señorita Dulphemia como sus amigas lo mirasen con buenos ojos y lo que le daba cierto aire misterioso —¿y qué mejor motivo para mirarlo con buenos ojos que ese?— era que no tenía ningún aspecto de chófer.

—Querida Dulphie —susurraba la señorita Philippa Furlong, la hija del párroco (que en aquella época era uña y carne con Dulphemia), cuando ambas iban sentadas detrás del nuevo chófer—, no me digas que es un chófer, porque sencillamente no lo es. Sabe conducir, desde luego, pero eso no quiere decir nada.

Porque el nuevo chófer tenía el rostro bronceado, duro como el metal, y la expresión adusta. Y, cuando se ponía su abrigo de chófer, de pronto parecía convertirse inexplicablemente en un oficial de uniforme, pues incluso cuando se enfundaba la gorra de plato típica de su profesión, esta se transformaba en el acto en un chacó de militar. Y la señorita Dulphemia y sus amigas contaban que se habían enterado —¿o se lo habían inventado?— de que había servido en las Filipinas, lo cual explicaba la cicatriz que tenía en la frente, recuerdo de una herida sufrida probablemente en Iloilo o en Huila-Huila o en cualquier otro lugar a propósito.

Pero lo que más impresionaba a la señorita Dulphemia era la maravillosa rudeza de sus modales. ¡Era tan diferente de los jóvenes con los que trataba en las reuniones de salón! El señor Sikleigh Snoop, por ejemplo, siempre que la acompañaba al coche se ponía a bailotear de un lado a otro diciendo: «Permítame» o «Si me permite», y luego se inclinaba hasta el suelo para levantarle el vestido. El chófer filipino, en cambio, se limitaba a abrirle la puerta y decirle a Dulphemia: «Arriba», y luego la cerraba de un golpe.

Esto, por supuesto, hacía que un escalofrío recorriera la columna vertebral y la imaginación de la señorita Dulphemia Rasselyer-Brown, pues demostraba que el chófer era un caballero disfrazado. A ella le parecía muy probable que se tratase de un noble británico, el hijo menor y más alocado de una familia ducal, y tenía sus propias teorías sobre los motivos que lo habían impulsando a entrar al servicio de los Rasselyer-Brown. Con gran candidez, esperaba que el chófer filipino pretendiese raptarla, de modo que, siempre que la llevaba de vuelta de alguna cena o de algún baile, se reclinaba insinuante en los asientos, deseando y esperando que comenzase el rapto.

Pero, en el momento que nos atañe, el interés de Dulphemia, así como de cualquiera que fuese alguien en la Ciudad, se centraba en el señor Yahi-Bahi y el nuevo culto del buhuismo.

Tras la visita de la señora Rasselyer-Brown, gran cantidad de damas, también a bordo de automóviles, se acercaron hasta la casa del señor Yahi-Bahi. Y todas y cada una de ellas, ya viesen al señor Yahi-Bahi en persona o a su ayudante bengalí, volvían encantadas.

—¡Qué tacto tan exquisito! —dijo una—. ¡Qué delicadeza! Cuando me iba, dejé una moneda de oro de cinco dólares en el borde de la mesita. Por lo que me pareció, el señor Spudd apenas reparó en ella. Murmuró: «¡Que Osiris la ayude!», y señaló al cielo. Yo alcé la vista por instinto y cuando bajé los ojos la moneda ya no estaba. Creo que la hizo desaparecer.

—Sí, seguro —replicó su interlocutora.

Otras volvían con historias maravillosas sobre los poderes ocultos del señor Yahi-Bahi; en particular, sobre su extraordinario don de predecir el futuro.

A la señora Buncomhearst, que acababa de perder a su tercer marido —por obra de un divorcio—, el señor Yahi-Bahi le había permitido atisbar el futuro de una forma tan precisa que casi se había estremecido. Le había solicitado una adivinación, que el señor Yahi-Bahi había realizado pidiéndole que depositase seis monedas de diez dólares en la mesa, colocadas en forma de serpiente mística. A continuación, se había inclinado sobre ellas, mirándolas fijamente, como si tratase de descifrar su significado, y por fin había pronunciado su profecía: «Muchas cosas han de pasar aún antes de que otras empiecen».

—Pero ¿cómo lo hace? —preguntó todo el mundo.

Como consecuencia de todo ello, sucedió naturalmente que la señora Rasselyer-Brown invitó a su residencia a los señores Yahi-Bahi y Ram Spudd. Por otra parte, no había duda de que se darían los pasos necesarios para crear una sociedad especial, que recibiría el nombre de Sociedad Oriental Yahi-Bahi.

El señor Sikleigh Snoop, el poeta del sexo, se convirtió en la cabeza pensante de la organización. Estaba especialmente indicado para la tarea, pues había residido en la India. De hecho, había pasado seis semanas allí durante una escala de una vuelta al mundo en barco de vapor que le había costado seiscientos treinta y cinco dólares, de modo que conocía todo el país desde Jehumbapore, en Bhootal, hasta Jehumbalabad, en Karnataka. Por ello, las señoras de la avenida Plutoria lo consideraban una autoridad en todo lo relativo a la India, China, Mongolia y lugares semejantes.

La segunda en importancia era la señora Buncomhearst, que más adelante se convirtió, siguiendo un proceso perfectamente natural, en presidenta de la sociedad. Ya era presidenta de las Hijas de la Revolución, una sociedad reservada a descendientes de los oficiales del general Washington y de otras personas, y también dirigía las Hermanas de Inglaterra, una organización limitada única y exclusivamente a mujeres nacidas en Inglaterra y en otros lugares; las Hijas de Kossuth, constituida solo por húngaras y amigas de Hungría y de otras naciones, y, por último, el Círculo de Francisco José, que se componía de partidarios, o no, de Austria. En realidad, desde que perdiera a su tercer esposo, la señora Buncomhearst se había volcado —esas eran sus palabras— en todo tipo de actividades sociales. Su único deseo era, según su propia expresión, olvidarse de sí misma. Así pues, es natural que la señora Rasselyer-Brown pensara en ella antes que en ninguna otra para que presidiera las reuniones de la nueva sociedad.

Habían despejado el gran comedor de los Rasselyer-Brown para convertirlo en una especie de auditorio y allí se habían reunido unos cincuenta o sesenta de los amigos más íntimos de la señora. La asistencia se componía solo de mujeres, excepto un par de hombres que se consideraban casos especiales. Allí estaba, como no podía ser menos, el pequeño señor Spillikins, de expresión frívola y peinado a la moda de los jugadores de fútbol americano, presente, como todo el mundo sabía, por causa de Dulphemia. Estaba también el viejo juez Longerstill, sentado y apoyado en un bastón con empuñadura de oro, con la cabeza inclinada hacia los lados en un intento de oír algo de lo que se hablaba. Había asistido a la reunión con la esperanza de que le permitieran pronunciar un discurso de agradecimiento y decir unas palabras —una charla de media hora, tal vez— sobre la Constitución de los Estados Unidos. De no ser esto posible, estaba seguro de que alguien se referiría a él como a un «eminente caballero de edad», y hasta eso era mejor que quedarse en casa.

Pero el resto de la asistencia se componía de mujeres, que esperaban la aparición del señor Yahi-Bahi en medio de un murmullo de conversaciones.

—Me pregunto —dijo la señora Buncomhearst desde su silla— si alguna de las señoras tendría la amabilidad de redactar las actas. Señorita Snagg, ¿sería usted tan amable de redactar las actas? ¿Sí?

—Sería un placer —contestó la señorita Snagg—, pero me temo que apenas queda tiempo para redactarlas antes de que empecemos, ¿no es así?

—Ya, pero no pasa nada por hacerlo después —respondieron a coro varias señoras que sabían de esas cosas—. Muchas veces se hace así.

—Y a mí me gustaría proponer que votemos los estatutos de la sociedad —dijo una señora corpulenta que llevaba gafas.

—¿Aprobamos la moción? —preguntó la señora Buncomhearst—. Por favor, quienes estén a favor, que se expresen.

Nadie movió un dedo.

—Moción aprobada —concluyó la presidenta—. Y tal vez tenga usted la bondad, señora Fyshe —prosiguió, volviéndose hacia la señora corpulenta—, de redactar los estatutos.

—¿Considera necesario redactarlos? —inquirió la señora Fyshe—. Me gustaría someter a votación, si se me permite, la posibilidad de no redactar los estatutos... A no ser, claro está, que haya alguien que opine que de verdad debemos hacerlo.

—Señoras —anunció la presidenta—, han oído la moción. Quienes estén en contra...

Ni un movimiento.

—Y quienes estén a favor...

De nuevo, ni un movimiento.

—Rechazada —concluyó.

A continuación, tras consultar el reloj que había en la repisa de la chimenea, comprobar que el señor Yahi-Bahi se retrasaba y decidir que era necesario hacer algo al respecto, dijo:

—Y, ahora, señoras, puesto que contamos con la presencia de un eminente caballero que probablemente ha reflexionado sobre estatutos y esas cosas mucho más que...

Todos los ojos se volvieron hacia el juez Longerstill, pero quiso el azar que en ese preciso instante entrase Sikleigh Snoop, seguido de los señores Yahi-Bahi y Ram Spudd.

El señor Yahi-Bahi era alto y sus colgantes ropajes orientales hacían que lo pareciese aún más. Tenía el rostro alargado y oscuro, y unos ojos marrones tan transparentes y profundos que, cuando los fijó en las señoras del público, un estremecimiento de interés y temor fue siguiendo el recorrido de su mirada.

—Querida —diría la señorita Snagg más tarde—, parecía que sencillamente veía a través de nosotras.

Y era cierto. Veía a través de ellas.

El señor Ram Spudd contrastaba con su superior. Era bajo y rechoncho, con una cara llena de hoyuelos y del color de la caoba, donde centelleaban unos ojillos como charquitos de melaza. Llevaba un turbante en la cabeza y el cuerpo envuelto en tantas bandas y fajas que parecía casi circular. Los ropajes de ambos estaban cubiertos con los signos místicos de Buda y de las siete serpientes de Visnú.

Por supuesto, era imposible que ni el señor Yahi-Bahi ni el señor Ram Spudd se dirigiesen al público. Como todos sabían, sus escasos conocimientos de la lengua se lo impedían. Se comunicaban enteramente a través del señor Snoop, e incluso él reconoció más adelante que le había costado mucho. Las únicas lenguas de la India que, decía, era capaz de hablar con fluidez eran el gargámico y el gumaico, ambos antiguos dialectos del dravínico que solo constaban de unas doscientas o trescientas palabras, por lo que conversar en ellas resultaba extremadamente complicado. El señor Yahi-Bahi le contestaba en lo que, a su modo de ver, era la lengua irámica de los Vedas, un idioma muy rico, pero que por desgracia él no comprendía. Un problema al que todos los orientalistas están acostumbrados.

El señor Snoop explicó todo esto en su discurso de presentación. Después, procedió a desvelar a grandes rasgos, con mucho interés por parte del público, la naturaleza del culto buhuista. Les dijo que lo entenderían mejor si les explicaba que el núcleo de la doctrina era el Bahi. En realidad, el principal objetivo de todos sus seguidores era alcanzar el Bahi. Cualquier persona capaz de pasar una serie de horas al día, digamos dieciséis, meditando en silencio sobre el buhuismo vería cómo su mente se abría poco a poco hasta alcanzar el estado de Bahi. El principal objetivo del Bahi, por su parte, era el sacrificio: un verdadero seguidor del culto debía estar dispuesto a sacrificar a sus amigos, a sus familiares e incluso a desconocidos a fin de alcanzar el Bahi. De este modo podría sentirse plenamente realizado y entrar en la Altísima Indiferencia. Después de esta fase, gracias a nuevas sesiones de meditación y al ayuno —que implicaba alimentarse tan solo de pescado, fruta, vino y carne—, se alcanzaba el Swaraj completo, o Autocontrol, y con el tiempo se llegaba al Nirvana absoluto, o Negación del Vacío, que constituía la meta suprema del buhuismo.

El primer paso de este proceso, explicó el señor Snoop, consistía en que cada neófito o candidato a la santidad, después de buscar en su corazón, le enviase diez dólares al señor Yahi-Bahi. Al parecer, en el culto buhuista el oro representaba las tres virtudes cardinales, cualidad de la que carecían tanto la plata como el papel. Incluso el papel moneda del Estado se consideraba un remedio parcial y las divisas extranjeras, como los billetes canadienses o mexicanos, les parecían una completa birria, algo despreciable. La concepción oriental del dinero, dijo el señor Snoop, era muy superior a la nuestra, pero también era algo a lo que se podía llegar a través de la reflexión y, para empezar, enviándole diez dólares al señor Yahi-Bahi.

Tras esto, como conclusión, el señor Snoop leyó un poema hindú hermosísimo, que iba traduciendo sobre la marcha. Comenzaba así: «Oh, vaca parada a orillas del Ganges, que en apariencia no te dedicas a nada», y los oyentes decidieron por votación que era exquisito. La falta de rima y la total ausencia de ideas constituía un indicio de su superioridad con respecto a la cultura occidental.

Cuando concluyó la intervención del señor Snoop, la presidenta pidió al juez Longerstill que pronunciase unas palabras de agradecimiento, que el juez pronunció, acompañándolas de una breve charla sobre la Constitución de los Estados Unidos.

Acto seguido, se declaró establecida la sociedad, el señor Yahi-Bahi hizo cuatro reverencias hacia cada uno de los cuatro puntos cardinales y se dio por concluida la reunión.

Y, aquella noche, en cincuenta hogares, durante la cena no se hablaba de otra cosa que de la naturaleza del Bahi, intentando en vano explicárselo a hombres demasiado estúpidos para comprenderlo.

Ahora bien, resulta que la misma tarde en que se celebró esta reunión en casa de la señora Rasselyer-Brown, el chófer filipino hizo algo muy extraño. En primer lugar, le pidió permiso al señor para ausentarse durante unas horas con objeto de asistir al funeral de su suegra. Se trataba de una petición que, en principio, el señor Rasselyer-Brown siempre concedía a sus sirvientes.

A continuación, el chófer filipino, tras despojarse de su uniforme, visitó la residencia del señor Yahi-Bahi. Entró valiéndose de una llavecita maravillosa que sacó de un enorme manojo de llaves similares. Permaneció allí durante casi media hora. Cuando salió, si alguien hubiese podido leer el cuaderno que llevaba en el bolsillo de la pechera, habría descubierto en él detalles sobre el misticismo oriental más extraños todavía que los que el señor

Yahi-Bahi había desvelado al mundo. Tan peculiares eran que el chófer filipino, antes de regresar a la residencia de los Rasselyer-Brown, envió una selección por el telégrafo a Nueva York. Lo que resulta incomprensible es por qué dirigió tal comunicación a un jefe de policía, en vez de a alguna institución de estudios orientales. En cualquier caso, cuando el chófer reapareció para cumplir con su deber a la hora en que se necesitaban sus servicios, el incidente había pasado desapercibido a todo el mundo.

Está fuera del alcance del presente relato describir el progreso del buhuismo durante la breve pero extraordinaria andadura de la Sociedad Oriental Yahi-Bahi. No se puede dudar de su éxito. Sus principios atraían con gran fuerza a las señoras más cultivadas de la avenida Plutoria. Había algo en el misticismo oriental de esas doctrinas que hacía que sus creencias anteriores pareciesen trasnochadas y pueriles. Enseguida comenzaron a practicar sus ritos sagrados. Los mostradores para señoras de los bancos de Plutoria se llenaron de damas que solicitaban cambiar sus billetes por monedas de diez dólares. En las mejores casas, las cenas consistían nada más que en una sopa poco espesa como entrante, un primer plato de pescado y un segundo plato compuesto por carne o aves de caza, en particular las que más agradan a Buda, como la perdiz, el faisán o la becada. Tras estos platos, si exceptuamos el vino y la fruta, se respetaba a rajatabla el principio de Swaraj o Negación de Uno Mismo. Era frecuente organizar cenas orientales de este estilo, seguidas de lecturas de poesía oriental, en las que los asistentes cerraban los ojos e intentaban llevar sus mentes lo más lejos posible en el estado de Stoj o Negación del Pensamiento.

Gracias a esto la doctrina del buhuismo se propagó con rapidez. De hecho, gran parte de los miembros de la sociedad muy pronto alcanzó un estado de Bahi o Altísima Indiferencia que resultaría difícil de encontrar fuera de Juggapore o Jumbumbabad. Por ejemplo, cuando la señora Buncomhearst se enteró de que su segundo marido —al que había perdido hacía tres años, debido a diferencias de opinión sobre la emancipación de la mujer— había vuelto a casarse, mostró el más absoluto Bahi. Y, cuando la señorita Snagg supo que su hermano había fallecido en Venezuela —una muerte inesperada, provocada por diecisiete años de afición al ron— y le había dejado diez mil dólares, hizo gala de un Bahi que casi se diría Nirvana.

De hecho, cada semana que pasaba se hacía más evidente la propagación general de las ideas orientales. Algunos miembros alcanzaron un Bahi, o Altísima Indiferencia, tan completo que incluso dejaron de asistir a las reuniones de la sociedad. Otros alcanzaron tal Swaraj o Autocontrol que dejaron de leer los folletos que publicaba. Otros, en cambio, consiguieron acceder al Nirvana, la Completa Negación de Uno Mismo, con tal rapidez que ni siquiera llegaron a pagar las cuotas de la sociedad.

Pero este tipo de cosas siempre ocurre cuando un credo oculto consigue abrirse paso contra los prejuicios de la masa.

Lo más notable de toda la experiencia fue la maravillosa demostración del poder oculto que tuvo lugar en la última sesión de la sociedad, cuya verdadera naturaleza aún sigue envuelta en el velo del misterio.

Desde hacía semanas, se rumoreaba que el señor Yahi-Bahi iba a realizar una proeza o demostración de poder muy especial. En realidad, la rápida propagación del Swaraj y del Nirvana entre los miembros hacía extremadamente deseable tal demostración de poder. Durante algún tiempo no se supo qué forma exacta adoptaría esa proeza. Se murmuraba que el señor Yahi-Bahi iba a intentar poner en práctica un misterioso rito oriental que consistiría en quemar vivo a Ram Spudd en el jardín de los Rasselyer-Brown y dejarlo allí en estado de Stoj, o Inanición Suspendida, durante ocho días. Pero pronto se abandonó este proyecto, por lo visto debido a que el señor Ram Spudd dudaba de si estaba preparado, en términos astrales, para alcanzar el elevado estado de Stoj que exigía el experimento.

Al fin supieron los miembros que formaban parte del Poosh o Círculo Interior, en el más absoluto secreto, que el señor Yahi-Bahi intentaría poner en práctica nada menos que la suprema proeza del ocultismo, es decir, una reencarnación o, si hablamos con propiedad, una reastralización de Buda.

Los miembros del Círculo Interior se estremecieron cuando oyeron la noticia, embargados por una exquisita sensación de misterio.

—¿Se ha hecho antes alguna vez? —le preguntaron al señor Snoop.

—Muy pocas veces —respondió—. Una vez lo hizo Jam-bum, el famoso yogui de Karnataka; una o dos veces Buhu, el fundador de la secta. Pero se trata de algo muy poco frecuente. Por lo que me ha dicho el señor Yahi, el mayor peligro que se corre es que, si hay el mínimo error en la aplicación de la fórmula, puede ocurrir que la nada se trague a la persona que acomete la astralización. No obstante, dice estar dispuesto a intentarlo.

La sesión tendría lugar en la residencia de la señora Rasselyer-Brown, a medianoche.

—¡A medianoche! —exclamaron todos los miembros con sorpresa.

Y la respuesta que obtuvieron fue:

—Sí, a medianoche. Verán, cuando aquí es medianoche, en Allahabad, en la India, es exactamente mediodía.

Esta explicación era, por supuesto, más que suficiente. «Cuando aquí es medianoche —repetían todos los miembros a los demás—, en Allahabad es exactamente mediodía». Eso aclaraba las cosas. En cambio, si les hubiesen dicho que cuando aquí es medianoche en Tombuctú es mediodía, la situación habría sido por completo diferente.

Se pidió a todas las señoras que llevasen a la sesión algún adorno de oro, pero se especificó que debía ser solo de oro, sin ninguna piedra engarzada.

A esas alturas, ya todo el mundo sabía que, según el culto buhuista, en el oro, y solo en el oro, residen las tres virtudes cardinales: belleza, sabiduría y gracia. Por consiguiente, de acuerdo con el credo del buhuismo, cualquier persona que tenga suficiente oro, pero solo oro, estará dotado de esas virtudes. Basta con tener una cantidad suficiente de oro; las virtudes vienen después, como consecuencia de ello.

Pero en el gran experimento se debía usar solo oro, sin piedras preciosas, con la única excepción de los rubíes, que, como es sabido, representan los tres atributos del culto hindú: modestia, locuacidad y pomposidad.

En el caso que nos ocupa, resultó que, como muchas de las señoras solo tenían joyas de oro con diamantes engarzados, se hizo una segunda excepción, sobre todo cuando el señor Yahi-Bahi, a petición de los miembros, decidió que los diamantes, aunque agradaban a Buda menos que los rubíes, poseían las virtudes secundarias hindúes de la divisibilidad, la movilidad y la disponibilidad.

La noche en cuestión, a las doce en punto, la residencia de los Rasselyer-Brown estaba envuelta en la oscuridad. No se veía luz alguna. Una única vela, traída del Taj Mahal por el señor Ram Spudd, aunque por su textura exterior se parecía mucho a las que vendían en la tienda de todo a diez centavos que había cerca de su residencia, ardía en una mesita del amplio comedor. Habían mandado al servicio a sus habitaciones del piso de arriba, rogándoles encarecidamente que se retirasen a las diez y media. Por otra parte, aquella misma tarde el señor Rasselyer-Brown había tenido que asistir en el Club Mausoleo a una reunión del consejo de administración de la parroquia de San Asaph y había vuelto a casa a las once, como siempre le ocurría después de trabajar en los asuntos de la diócesis, bastante cansado; en realidad, tan agotado que se había ido directamente a sus habitaciones, tambaleándose, con las rodillas que se le doblaban. Había acabado tan absolutamente exhausto por sus labores eclesiásticas que, sin interesarse lo más mínimo por lo que pudiera estar pasando en su propia casa, había alcanzado un estado de Bahi o Altísima Indiferencia que habría sido la envidia del propio Buda.

Los invitados, como se les había pedido, llegaron sin hacer ruido y a pie. Habían dejado todos los automóviles al menos a una manzana de allí. Subieron los escalones de la entrada de la casa, ya a oscuras, y pasaron sin llamar, pues la puerta se abrió en silencio delante de ellos. Los señores Yahi-Bahi y Ram Spudd, que habían llegado a pie, con un gran paquete a cuestas, ya estaban allí, detrás de un biombo, meditando en la penumbra de la sala, según se informó.

Por indicación del señor Snoop, que se ocupaba de recibir a los asistentes en la entrada, todas las señoras dejaron sus pieles y sus estolas amontonadas en el vestíbulo. Luego pasaron en silencio al gran comedor. No había más luces que la débil vela que ardía en una mesita, en la que los asistentes depositaron, como se había convenido, todos sus adornos de oro, al tiempo que pronunciaban en un susurro la palabra Ksvoo, que significa: «Oh, Buda, he aquí mi mísero presente, que pongo a tus pies; acéptalo y guárdalo para siempre». Se explicó que esto era solo una fórmula.

—¿Qué hace? —murmuraron los asistentes cuando vieron que el señor Yahi-Bahi cruzaba la estancia a oscuras y se colocaba delante del aparador.

—¡Silencio! —ordenó el señor Snoop—. Está haciendo una ofrenda propiciatoria a Buda.

—Se trata de un rito indio —cuchicheó la señora Rasselyer-Brown.

En la penumbra se alcanzaba a distinguir que el señor Yahi-Bahi se movía de un lado a otro delante del aparador. Se oía un leve tintineo de cristales.

—Tiene que servir una copa de brandi birmano, salpicado de nuez moscada y especias aromáticas —susurró la señora Rasselyer-Brown—. Me he vuelto loca para encontrar todo lo que necesitaba. Dijo que solo el brandi birmano serviría, porque en la religión hindú únicamente se puede invocar a los dioses con él o, si no, con Hernessy Tres Estrellas, que no desagrada del todo a Buda.

—Se supone que las especias aromáticas —explicó en un murmullo el señor Snoop— emanan un perfume o incienso que llega hasta las narices del dios. La copa de vino propiciatorio y las especias se mencionan en el *Visnú-Buddayat*.

Una vez finalizados los preparativos, vieron al señor Yahi-Bahi de pie ante el aparador, inclinándose cuatro veces para hacer las reverencias orientales. Por entonces, la luz de la vela era tan tenue que sus movimientos resultaban vagos e inciertos. Su cuerpo proyectaba unas enormes sombras temblorosas en el muro, que apenas se entreveía. De su garganta brotaba un débil gemido en el que se distinguían las sílabas «¡Gua, gua!».

La asistencia estaba sobre ascuas.

—¿Qué significa *gua*? —preguntó en un susurro el señor Spillikins.

—¡Silencio! —mandó el señor Snoop—. Significa: «¡Oh, Buda, dondequiera que estés del noble Nirvana, desciende ahora en forma astral y aparece ante nuestros ojos!».

El señor Yahi-Bahi se puso en pie. Vieron que se llevaba un dedo a los labios y después, tras cruzar en silencio la estancia, desapareció detrás del biombo. No ha quedado constancia de lo que hacía el señor Ram Spudd entretanto. Se supone que seguía rezando.

Reinaba en la sala un silencio absoluto.

—Debemos guardar completo silencio —indicó el señor Snoop en un susurro casi inaudible.

Todos permanecieron sentados, en profunda tensión, callados, observando los contornos difusos del aparador.

Pasaron los minutos. Nadie se movió. Todos esperaban como hechizados.

Siguieron pasando los minutos. La vela había ido consumiéndose hasta que la vasta estancia casi quedó en completa oscuridad.

¿Sería que, por culpa de algún descuido en los preparativos, tal vez la elección de un brandi equivocado, no iba a poder efectuarse la astralización?

Pero no.

De repente, todos los asistentes tuvieron la sensación de notar una «presencia». Esa es la palabra que más adelante se repitió en mil conversaciones confidenciales. Una «presencia». No se podía decir que se tratase de un cuerpo. No lo era. Era una figura, una forma astral, una presencia.

—¡Buda! —exclamaron al verlo con un grito ahogado.

Después, ninguno de los presentes se pondría de acuerdo sobre cómo había entrado en la sala la presencia. Algunos opinaban que había cruzado la pared, astralizándose a su antojo mientras atravesaba los ladrillos. Otros creían haberla visto aparecer en la otra punta de la estancia, como si se hubiese astralizado fuera de la habitación, a los pies de las escaleras del vestíbulo.

Fuera como fuera, apareció ante ellos la forma astralizada de la deidad india, haciendo que todos los labios se moviesen para pronunciar a duras penas la palabra «¡Buda!». O, al menos, todos los labios salvo los de la señora Rasselyer-Brown, que no articuló sonido alguno.

Según la descripción que de ella se dio después, la figura iba vestida con un largo *shirak,* como los que lleva el Dalái Lama del Tíbet, aunque se podría decir, si la comparación no fuese una blasfemia, que se parecía a una bata moderna. Las piernas de la aparición, si es que se les puede dar ese nombre, estaban envueltas en vaporosos *punjahamas,* palabra que, según se dice, dio origen a la moderna «pijama». Los pies, por su parte, si acaso eran pies, iban enfundados en unas amplias pantuflas.

Buda se movió despacio por la sala. Al llegar al aparador, la figura astral se detuvo y, pese a la tenue luz que iluminaba la estancia, todos vieron cómo cogía la copa y se bebía la ofrenda propiciatoria. Hasta ahí todo estaba claro. No obstante, lo que sí dio lugar a dudas fue si Buda habló o no. Algunos de los presentes creyeron oírle decir: «*Semabra'lvidado*», que en indostaní significa: «Bendita sea esta casa». Por su parte, a la señora Rasselyer-Brown, que estaba bastante trastornada, le pareció que Buda decía: «Se me habrá olvidado». Pero jamás le confesó a nadie tan descabellada idea.

En silencio, Buda volvió a cruzar la estancia, mientras se pasaba la palma de la mano por la boca, haciendo el gesto hindú de despedida.

Durante casi un minuto entero tras la desaparición de Buda, nadie se movió. Hasta que, de pronto, la señora Rasselyer-Brown, incapaz de seguir soportando la tensión, accionó el interruptor y la estancia se llenó de luz.

Los atemorizados asistentes se miraban unos a otros, lívidos.

Pero, para asombro y horror de todos, la mesita colocada en el centro de la sala estaba vacía: no quedaba ni una sola gema, ni uno solo de los objetos de oro que habían depositado en ella. Todo había desaparecido.

Entonces, todos comprendieron en el acto. Estaba claro lo que había sucedido.

El oro y las joyas se habían desastralizado. Por efecto del poder oculto de la visión, habían sido desmonetizados y se habían sumido en el plano astral junto con Buda cuando este había desaparecido.

Sintiendo que aún les estaban reservadas sorpresas mayores y más horripilantes, alguien apartó el biombo. Todos esperaban hallar los cuerpos sin vida del señor Yahi-Bahi y del fiel Ram Spudd. Lo que vieron era más espantoso todavía. Los ropajes orientales de los dos devotos yacían desparramados por el suelo. La larga faja de Yahi-Bahi y el grueso turbante de Ram Spudd habían quedado el uno junto al otro, al lado de la ropa. Casi repugnantes en su repulsivo realismo eran los espesos mechones de pelo negro del señor Spudd, que parecían haber sido arrancados de su cuero cabelludo como por obra de un relámpago y que tenían un espantoso parecido con las pelucas que usan los actores.

La verdad saltaba a la vista.

—¡Se han desvanecido! —exclamaron doce voces al unísono.

En un instante todos se dieron cuenta de que Yahi-Bahi y Ram Spudd habían pagado con sus vidas por el atrevimiento. Por culpa de algún error fatal, de cuya posibilidad ya habían advertido a los participantes en la sesión, los cuerpos de los dos orientales se habían trasladado al plano astral.

—¡Qué horror! —murmuró el señor Snoop—. Debemos de haber cometido un error terrible.

—¿Se han desastralizado? —preguntó en un susurro la señora Buncomhearst.

—No me cabe duda —contestó el señor Snoop.

Entonces surgió otra voz en el grupo, que dijo:

—Debemos guardar silencio sobre esto. ¡No podemos permitir que se sepa!

A lo cual respondió un coro de voces que aconsejaban también guardar silencio.

—¿No podría usted intentar reastralizarlos? —le propuso alguien al señor Snoop.

—No, no —respondió este, todavía tembloroso—. Más vale no intentarlo. Debemos echar tierra sobre el asunto, si podemos.

Y la aprobación general ante esta opinión demostró que, a fin de cuentas, los principios del Bahi o Indiferencia hacia los Demás habían calado hondo en la sociedad.

—¡Echemos tierra sobre el asunto! —gritaron todos, y hubo un movimiento generalizado hacia el vestíbulo.

—¡Cielo santo! —exclamó la señora Buncomhearst—. ¡Nuestras pieles!

—¡Se han desastralizado! —dijeron los invitados.

Hubo un momento de gran consternación mientras todos contemplaban el lugar donde antes se encontraba el desafortunado montón de pieles y estolas.

—No importa —dijeron—. Nos vamos sin ellas, no podemos quedarnos. Imagínense si la policía...

Y, no bien hubieron pronunciado la palabra «policía», de pronto oyeron en la calle una campana y el galope de los caballos del coche patrulla de la policía.

—¡La policía! —exclamaron—. ¡Guardemos silencio! ¡Guardemos silencio!

Porque, como es natural, la policía ignora los principios del Bahi.

Al cabo de un instante, el timbre de la puerta se arrancó en un repique largo y violento, y en menos de un segundo, o al menos eso pareció, todo el vestíbulo se había llenado de corpulentas figuras con uniformes azules.

—No se preocupe, señora Rasselyer-Brown —gritó una voz potente y firme desde la acera—. Los hemos pillado a los dos. Lo tenemos todo. Los cogimos a menos de una manzana de aquí. Pero, si no les importa, la policía necesita un par de nombres para que consten como testigos en la orden.

Era el chófer filipino. Pero ya no iba vestido de chófer. Lucía un uniforme de inspector de policía, con una placa del Departamento de Investigaciones colocada bien a la vista en el abrigo.

Junto a él, uno a cada lado, estaban los cuerpos desastralizados de Yahi-Bahi y Ram Spudd. Vestían abrigos largos, sin duda salidos de los paquetes mágicos, y el chófer filipino los tenía bien agarrados por el cuello. El señor Spudd había perdido su pelo oriental y en el rostro del señor Yahi-Bahi, tal vez como consecuencia del forcejeo, se veían retazos de piel blanca.

No hacían ningún intento por soltarse. A decir verdad, el señor Spudd, gracias a ese completo estado de Bahi o Resignación ante el Destino que solo se alcanza tras largas estancias en las penitenciarías estatales, sonreía mientras se fumaba un cigarrillo.

—Estábamos esperándolos —explicó un agente alto a un par de señoras que, una vez recuperado el valor, se habían congregado en torno a él—. Tenían el material en una carretilla y ya se iban con todo. El jefe de policía los cazó en la esquina y llamó al coche patrulla. Creo que recuperarán todas sus posesiones, señoras —añadió, en tanto que un ayudante rechoncho subía los escalones de entrada cargado con un montón de pieles.

En ese momento, muchas de las señoras se dieron cuenta de que los policías de azul son una gente de lo más reconfortante, segura y fiable, una protección amable y familiar contra las artimañas del ocultismo oriental.

—¿Son criminales reincidentes? —preguntó alguien.

—Sí, señora. Ya han puesto en marcha este mismo timo en cuatro ciudades y los dos han estado en la cárcel, y además bastante tiempo. Hace tan solo seis meses que salieron. No tiene por qué preocuparse por ellos —concluyó encogiéndose de hombros.

Así pues, las señoras recuperaron sus pieles, y las joyas y el oro fueron devueltos a sus dueñas. A su debido tiempo, la policía hizo entrar en el coche patrulla a los señores Yahi-Bahi y Ram Spudd, que se acomodaron en él con una compostura digna de las mejores tradiciones de Jehumbabah y Bahoolapore. De hecho, los allí presentes oyeron que el señor Spudd llamaba «muchachos» a los agentes y comentaba que esa vez «los habían trincado pero bien».

Así pues, concluyó la sesión y los invitados desaparecieron, y la Sociedad Yahi-Bahi se disolvió sin que fuera siquiera necesaria una votación.

Más adelante, cuando en privado se comentaba el episodio, solo quedaba un punto de misticismo. Después de poder reflexionar sobre ello durante un tiempo, libres del temor de ser detenidos, los miembros de la sociedad repararon en que, al menos en un punto, la policía era por completo ajena a la verdad. Pues el señor Yahi-Bahi, fuese o no fuese un ladrón, viniese de Oriente o, como aseguraba la policía, de Misuri, en verdad había conseguido reastralizar a Buda.

Nadie insistió en este punto tanto como la señora Rasselyer-Brown.

—Porque, al fin y al cabo —decía—, si no se trataba de Buda, ¿quién era?

Y la pregunta quedó para siempre sin respuesta.

CINCO

LOS AMORES DEL SEÑOR PETER SPILLIKINS

se puede ver al pequeño señor Spillikins paseando con sus hijos, cuatro chicarrones de elevada estatura y prácticamente de la misma edad que él.

Para ser exactos, el señor Spillikins tiene veinticuatro años, mientras que Bob, el mayor de sus hijos, debe de andar como mínimo por los veinte. Pero ya no se sabe la edad exacta de los muchachos, debido a que, por un terrible accidente, su madre la olvidó. Esto sucedió en una época en la que los muchachos se encontraban en la Academia Wackem para Jóvenes Excepcionales, situada entre las colinas de Tennessee, en tanto que su madre, la señora Everleigh, pasaba el invierno en la Riviera, convencida de que, por el bien de los muchachos, no debía permitirse llevarlos con ella.

Pero, ahora que la señora Everleigh ha vuelto a casarse y se ha convertido en señora Everleigh-Spillikins, ya no hay necesidad de tenerlos en la Academia Wackem, puesto que el señor Spillikins puede ocuparse de ellos.

Este suele llevar un pequeño sombrero de copa y un chaqué inglés. Los muchachos visten chaquetas al estilo de los uniformes de Eton y pantalones negros, que, por deseo expreso de su madre, siempre les quedan un poco cortos. Esto se debe a que la señora Everleigh-Spillikins sabe que llegará un día —dentro de, digamos, unos quince años— en que sus muchachos dejarán de ser niños, y entretanto le gusta sentir que todavía lo son. El mayor es Bob, pero el menor, Sib, es el más alto, mientras que el tercero, Willie, es el más torpe, aunque muchos niegan esta afirmación y aseguran que el segundo, Gib, es un poquitín más torpe que él. Así pues, en cualquier caso hay cierta igualdad y compañerismo entre ellos.

Nunca se ve a la señora Everleigh-Spillikins paseando con ellos. Lo más habitual es que esté en las carreras, adonde la lleva el capitán Cormorant, de la Marina de los Estados Unidos, algo que al señor Spillikins le parece todo un detalle. De vez en cuando, por pertenecer a la Marina, el capitán se ve forzado a pasar una tarde entera o incluso varios días en el mar, en cuyo caso suele suceder que el teniente Hawk lleva a la señora Everleigh-Spillikins al Club de Caza o al Club de Campo, lo cual constituye, a juicio del señor Spillikins, un hermoso gesto por su parte. Otras veces, si también el teniente Hawk tiene que pasar algún día fuera, como en ocasiones le sucede por servir en el ejército de los Estados Unidos, quien saca a la señora Everleigh-Spillikins es el viejo coronel Shake, que, como está en las milicias estatales, tiene todo el tiempo libre del mundo.

En el transcurso de sus paseos por la avenida Plutoria, se puede oír a los cuatro muchachos llamar al señor Spillikins «padre» o «papá» con sus vozarrones como de rana toro.

—Oye, papá —dice Bob arrastrando las palabras—, ¿por qué no nos vamos todos al partido de fútbol?

—No. Oye, papá —interviene Gib—, ¿y si volvemos a casa y jugamos al billar a cinco centavos la partida en la sala de juegos?

—Está bien, muchachos —contesta el señor Spillikins. Y al cabo de unos minutos se los ve subir a toda prisa los escalones de entrada a la mansión de los Everleigh-Spillikins, impacientes por ponerse a jugar y sin parar de parlotear.

Pues bien, esta imagen cotidiana, para quien sabe interpretarla, es el fruto de la complicada historia de amor del señor Spillikins, que culminó durante el verano, cuando los señores Newberry lo invitaron a pasar unos días en Castel Casteggio, su retiro campestre.

Pero para comprender la historia hay que remontarse un año atrás, a la época en que el señor Peter Spillikins paseaba solo por la avenida Plutoria o se sentaba en el Club Mausoleo a escuchar a quienes le aconsejaban que se casara.

Por aquellos tiempos, lo primero que llamaba la atención del señor Spillikins era su exaltada imagen del otro sexo. Cada vez que veía pasar a una mujer hermosa por la calle, exclamaba para sus adentros: «¡Vaya, vaya!». Incluso cuando conocía a alguna que era solo medianamente guapa, murmuraba: «¡Caramba!». Siempre que en Pascua veía pasar un sombrero comprado para la ocasión o cuando en verano se encontraba con un grupo de parasoles charlando a la sombra de los árboles, el señor Spillikins exclamaba: «¡Mi madre!». Y en la ópera o en las meriendas con tangos los ojos azules casi se le salían de las órbitas.

De modo similar, si coincidía que estaba con alguno de sus amigos, murmuraba: «¡Vaya, vaya! ¡Pero mira qué chica tan guapa!»; o exclamaba: «¡Vaya, vaya! No mires, pero ¿a que la joven que está cruzando la calle es una verdadera monada?». Y en la ópera: «Compañero, que ella no vea que estás mirando, pero ¿te has fijado en esa preciosidad que está en el palco de enfrente?».

Es preciso añadir que, pese a sus enormes ojos azules, un tanto saltones, el cielo había bendecido al señor Spillikins haciéndolo corto de vista. Por consiguiente, vivía en un mundo poblado por mujeres de asombrosa belleza. Y, puesto que su mente estaba puesta en lo mismo que su mirada, a todas otorgaba las virtudes y gracias que por fuerza se asocian con un sombrero floreado de cincuenta dólares o con un parasol color guinda con mango de marfil.

El caso es que, para hacerle justicia, hay que decir que la visión exaltada del señor Spillikins no se limitaba únicamente a su actitud hacia las mujeres. Se la aplicaba a todo. Siempre que iba a la ópera, salía entusiasmado, diciendo: «¡Caramba, pero qué maravilla! Claro que no tengo oído para apreciarlo (la música no es lo mío, ya lo saben), pero incluso por lo poco que sé, me parece magnífico; es que es oírlo y me quedo dormido». Y cada vez que compraba una novela, aseguraba: «¡Es un libro de verdad espléndido! Claro que no tengo cabeza para entenderlo, de modo que no lo he terminado, pero lo he encontrado sencillamente arrebatador». Y lo mismo con la pintura: «Es uno de los cuadros más asombrosos que he visto en mi vida —decía—. Claro que no tengo ojo para la pintura y no he visto nada en él, pero ¡qué maravilla!».

Hasta el momento al que nos referimos, la carrera del señor Spillikins no había sido del todo satisfactoria, o al menos no desde el punto de vista del señor Boulder, su tío y tutor. La primera idea del señor Boulder había sido enviar al muchacho a la universidad. El doctor Boomer, el rector, hacía lo posible por extender la idea de que la formación universitaria resultaba lo más idóneo incluso para los ricos, pues no por tener una carrera era necesario ponerse a trabajar o continuar los estudios, y lo que pretendía la universidad era simplemente imprimir en los hombres un determinado sello. Nada más. Y ese sello, si hemos de guiarnos por lo que decía en sus discursos, era del todo inocuo. Nadie debería tenerle miedo. Por consiguiente, gran parte de los mejores jóvenes de la Ciudad, que no tenían necesidad alguna de formarse, comenzaron a ir a la universidad. Este hecho marcaba, decía el doctor Boomer, una revolución.

El propio señor Spillikins estaba fascinado con sus estudios. Los profesores le parecían prodigios vivientes.

—¡Caramba! —exclamaba—. El profesor de Matemáticas es una maravilla. Tendría usted que ver cómo explica la trigonometría en el encerado. No se le entiende palabra.

Ni siquiera lograba decidir qué estudios lo atraían más.

—La física —decía— es una ciencia asombrosa. Me pusieron cero con cinco sobre diez. Pero, ¡caramba!, tuve que esforzarme para conseguirlo. Si me dejaran, me dedicaría a eso.

Pero ese era justo el problema: no le dejaban. Así pues, con el tiempo el señor Spillikins se vio forzado, por motivos académicos, a abandonar la labor de toda una vida. Sus últimas palabras al respecto fueron: «¡Vaya, casi apruebo Trigonometría!». Y más adelante declaró que había aprendido muchísimo en la universidad.

Después, como había tenido que dejar la universidad, su tutor, el señor Boulder, lo metió en los negocios. Se trataba, como no podía ser menos, de su propio negocio, una de las numerosas empresas en las que el señor Spillikins había estado firmando documentos y refrendando cheques desde que cumpliera los veintiuno. Así pues, el señor Spillikins se encontró en un despacho de caoba vendiendo petróleo al por mayor. Y le gustó. Afirmaba que los negocios espabilan a la gente.

—Me temo, señor Spillikins —decía, por ejemplo, una de las personas que llamaban a su despacho de caoba—, que no podemos pagarle cinco dólares. En la presente situación de mercado, solo podemos llegar hasta cuatro con setenta.

—Querido amigo —respondía el señor Spillikins—, no hay problema. Al fin y al cabo, treinta centavos no es nada, ¿verdad? No se preocupe, compañero, no vamos a ponernos a pelear por treinta centavos. ¿Cuánto quiere?

—Bueno, pues a cuatro con setenta compramos veinte mil barriles.

—¡Caramba! —diría el señor Spillikins—. ¡Veinte mil barriles! ¡Mi madre! Sí que quieren barriles, ¿eh? Menuda venta he hecho, pese a ser un novato. El tío va a morirse de la risa.

Tanta risa le dio que, cuando el muchacho llevaba unas cuantas semanas vendiendo petróleo, el señor Boulder le rogó que dejara de hacerlo y tuvo que rebajar en muchos miles de dólares el valor capital de su patrimonio.

Después de esto, al señor Spillikins solo le quedaba una opción y todo el mundo se lo aconsejaba: casarse.

—Spillikins —le dijeron una vez sus amigos en el club, después de desplumarlo en una partida de cartas—, deberías casarte.

—¿Os parece? —preguntó él.

Bien sabe Dios que se moría de ganas. De hecho, hasta entonces toda la existencia del señor Spillikins había sido un largo suspiro de anhelo por las alegrías del matrimonio.

En sus breves días de universitario, una atracción irresistible dirigía sus tímidas miradas hacia los asientos de la parte derecha del aula, donde se sentaban las alumnas de primer curso, muchachas con trenzas doradas que les caían sobre la espalda, a hacer sus ejercicios de trigonometría.

Se habría casado con cualquiera de ellas. Pero, cuando una muchacha es capaz de hacer cálculos trigonométricos de cabeza, ¿qué interés puede tener por el matrimonio? Ninguno. El señor Spillikins lo sabía y por eso guardaba silencio. Incluso cuando la alumna más guapa de la clase se casó con el profesor auxiliar, dando así por concluidos sus estudios en segundo curso, Spillikins llegó a la conclusión de que se debía a que el pretendiente era profesor y, por lo tanto, sin duda sabía cosas.

Tiempo después, cuando Spillikins se inició en los negocios y entró en la sociedad, lo persiguió el mismo destino. Estuvo enamorado, durante al menos seis meses, de Georgiana McTeague, sobrina del pastor presbiteriano de San Osoph. La amaba tanto que por ella abandonó una temporada su banco en la iglesia episcopaliana de San Asaph y escuchó catorce sermones seguidos sobre el infierno. Pero sus relaciones no pasaron de ahí. En una o dos ocasiones, el señor Spillikins llegó a acompañar a casa a Georgiana y por el camino charló con ella sobre el infierno. Una vez, el tío de ella lo invitó a tomar una cena fría en su casa, tras el servicio vespertino, y después mantuvieron una larga conversación sobre el infierno en la sala de estar. Pero, no se sabe por qué, Spillikins no consiguió llegar más lejos. Leyó todo lo que encontró sobre el infierno para poder hablar con Georgiana, pero al final no sirvió de nada: un joven pastor recién salido del seminario llegó a San Osoph para dar seis sermones especiales sobre la absoluta certeza del castigo eterno y como consecuencia de ello acabó casándose con la señorita McTeague.

Entretanto, el señor Spillikins se había comprometido, o casi, con Adelina Lightleigh. No es que le hubiese dicho nada, pero se sentía unido a ella. Por Adelina había abandonado definitivamente el infierno, bailaba hasta las dos de la madrugada y aprendía a jugar al *bridge* subastado con un libro. Durante un tiempo estuvo tan seguro de que ella le correspondía que comenzó a llevar a la residencia de los Lightleigh a su mejor amigo, Edward Ruff, que pertenecía al equipo de fútbol americano de la universidad y del que Spillikins se sentía muy orgulloso. Tenía especial interés en que Adelina y Edward se hiciesen buenos amigos, para que, cuando estuviesen casados, pudiesen invitarlo a su casa a menudo. El caso es que se hicieron tan buenos amigos, y tan rápido, que se casaron en Nueva York aquel mismo otoño. Después, Edward y Adelina invitaban a Spillikins a su casa con mucha frecuencia. Los dos insistían en lo mucho que le debían y también ellos se unían al coro de voces que le repetía: «¿Sabes, Peter? Eres un tonto por no casarte».

Todo esto había sucedido y concluido más o menos por la época en que la Sociedad Oriental Yahi-Bahi comenzó su andadura. En la primera reunión, el señor Spillikins conoció a Dulphemia Rasselyer-Brown. Nada más verla, se puso a leer una biografía de Buda y una traducción de los Upanisad, como para hacerse digno de aspirar a vivir con ella. Aun cuando la sociedad terminó en desastre, el amor del señor Spillikins siguió ardiendo con fuerza todavía mayor. Por eso, cuando supo que los señores Rasselyer-Brown iban a pasar el verano fuera y que Dulphemia se quedaría con los Newberry en Castel Casteggio, este lugar se convirtió en el único del mundo para Peter Spillikins.

De modo que, como es natural, el señor Spillikins vio el cielo abierto cuando algún tiempo después recibió una nota que rezaba:

Sería para nosotros un placer que viniese usted a pasar una semana o dos en nuestro retiro. Enviaremos el coche a la estación de tren para que lo recoja el jueves. Aquí llevamos una vida de lo más sencilla; de hecho, el señor Newberry dice que hemos renunciado a todos los lujos. Sin embargo, estoy segura de que no le importará cambiar de ambiente. Dulphemia está con nosotros, pero somos un grupo bastante reducido.

La nota iba firmada por Margaret Newberry y estaba escrita en papel grueso de color crema, con un monograma plateado, como el que suele usar la gente que ha renunciado a todos los lujos.

Los Newberry, como todo el mundo, pasaban el verano fuera de la Ciudad. Puesto que el señor Newberry seguía dedicándose a los negocios, no habría resultado de buen tono que permaneciese en ella durante todo el año. Habría causado mala impresión entre los bolsistas, que habrían pensado que no le iba bien.

De hecho, a principios de verano todo el mundo abandonaba la Ciudad. Los pocos que se aventuraban a pasar por allí en agosto volvían diciendo que no habían visto un alma en la calle.

Era como si todos se sintiesen dominados por el deseo de llevar una vida sencilla en plena naturaleza. Algunos buscaban satisfacer ese deseo en el mar, donde la naturaleza había creado anchos paseos de madera, largos embarcaderos y espectáculos de vodevil. Otros lo intentaban en el campo, donde la naturaleza había tendido sus carreteras de asfalto y junto a ellas sus posadas. Otros, como los Newberry, preferían «renunciar a los lujos» en sus propias residencias campestres.

Como ya se ha comentado, algunos se iban por motivos empresariales, para evitar que se pensase que tenían que trabajar durante todo el año. Otros se marchaban a Europa para impedir que les reprochasen que siempre vivían en Estados Unidos. Otros, tal vez la mayoría, viajaban por motivos de salud, siguiendo los consejos de sus médicos. No es que estuviesen enfermos, pero los médicos de la avenida Plutoria, como el doctor Slyder, siempre preferían enviar a sus pacientes fuera de la Ciudad durante los meses de verano. Ningún médico pudiente desea preocuparse por ellos en esas fechas. Y, como es natural, los pacientes, aun cuando estén deseosos de marcharse a cualquier parte, prefieren que su médico se lo ordene.

—Mi querida señora —le dijo el doctor, por ejemplo, a una dama que, como él bien sabía, se moría por irse a Virginia—, lo cierto es que no puedo hacer nada por usted. —Y en esto decía la verdad—. No es cuestión de tratamiento; sencillamente, se trata de dejarlo todo y marcharse. Escuche, ¿por qué no se va un par de meses a algún lugar tranquilo, donde no tenga que hacer nada? —En cualquier caso, la señora nunca hacía nada, como también sabía—. ¿Qué le parece Hot Springs, en Virginia? Es de lo más tranquilo; no hay un alma, pero sí buen golf y mucho tenis.

O a otra le decía:

—Mi querida señora, está usted sencillamente agotada. ¿Por qué no lo deja todo y se marcha una temporada a Canadá? Es de lo más tranquilo; no hay ni un alma y, por lo que he oído, ahora está muy de moda.

Así, una vez que todos sus pacientes se habían ido, el doctor Slyder y sus colegas de la avenida Plutoria se las apañaban para desaparecer durante un mes o dos y se iban derechos a París o a Viena. De este modo podían seguir en contacto, decían, con lo que hacían los médicos del Viejo Continente. Y probablemente era cierto.

Pues bien, resulta que a los dos progenitores de la señorita Dulphemia Rasselyer-Brown los habían obligado a abandonar la Ciudad de este modo. La penosa experiencia de la señora Rasselyer-Brown con Yahi-Bahi la había dejado en un estado que no le permitía hacer nada de nada, excepto un crucero por el Mediterráneo, junto con otras ochenta personas también incapaces de hacer nada.

El señor Rasselyer-Brown, por su parte, aunque nunca había estado precisamente inválido, declaró que después del lío del asunto Yahi-Bahi necesitaba animarse, recuperar la forma, de modo que se había puesto en manos del doctor Slyder. El médico lo había examinado, lo había interrogado a fondo sobre la cantidad de alcohol que tomaba y había acabado por aconsejarle que por la noche bebiese vino de oporto con firmeza y estoicidad y que durante el día, si en algún momento se sentía cansado, tomase algún cordial suave como el whisky de centeno o el ron con agua de Vichy. Además de esto, el doctor Slyder le había recomendado que abandonase la Ciudad.

—¿Por qué no se va a Nagahakett, a orillas del Atlántico?

—¿Eso está en Maine? —preguntó el señor Rasselyer-Brown horrorizado.

—¡No, no, qué va! —contestó el médico en tono tranquilizador—. Está en Nuevo Brunswick, en Canadá. Se trata de un lugar excelente, con unas leyes sobre venta de alcohol de lo más liberales, una gastronomía de primera y bar en el hotel. No hay turistas ni golf, hace demasiado frío para nadar... Es el sitio perfecto para disfrutar.

De modo que el señor Rasselyer-Brown también se había marchado, por lo que, en el momento concreto que nos ocupa, la columna «Tocador y sociedad» del *Dólar diario de Plutoria* anunció que la señorita Dulphemia permanecería con los señores Newberry en su encantador retiro campestre, Castel Casteggio.

Los Newberry pertenecían a esa clase de gente cuyo único propósito en verano es llevar una vida sencilla. El señor Newberry aseguraba que no concebía otras vacaciones que irse al monte, ponerse ropa vieja y comer a la hora que le apeteciese.

Por eso había construido Castel Casteggio. Se hallaba a unas cuarenta millas de la Ciudad, en medio de colinas boscosas que rodeaban un pequeño lago. Salvo por las quince o veinte residencias similares que salpicaban las orillas del lago, estaba por completo aislado. Solo se podía llegar hasta allí por una carretera serpenteante que cruzaba las colinas cubiertas de vegetación desde la estación de tren, situada a quince millas de distancia. Cada pulgada de la carretera era propiedad particular, como debe ser en el campo. Todas las tierras que rodeaban Castel Casteggio eran absolutamente primigenias, o al menos tanto como habían podido volverlas las artes de jardineros escoceses y paisajistas franceses. El propio lago parecía una reluciente gema creada por la naturaleza, solo que esta se había encargado de subir su nivel diez pies, de reforzar con piedras sus costados, de desbrozar sus orillas y de colocar una carretera en torno a él. Por lo demás, era la naturaleza en estado puro.

Castel Casteggio, una hermosa casa de ladrillo blanco con galerías amplias e invernaderos deslumbrantes, rodeada de grandes árboles y ondulantes zonas de césped que iban bajando hasta el lago, salpicadas aquí y allá por macizos de flores, era quizá la más hermosa de todas. En cualquier caso, se trataba del lugar idóneo para llevar ropa vieja, cenar temprano (a eso de las siete y media) y, excepto cuando la gente se reunía para jugar al tenis, pasear en barco, charlar en la hierba o jugar al golf, recluirse por completo en uno mismo.

Hay que precisar que la mansión no se llamaba Castel Casteggio porque los Newberry fuesen italianos, pues no lo eran; tampoco se debía a que tuviesen propiedades en Italia, ya que no las tenían, ni a que hubiesen hecho algún viaje por el país, que tampoco era el caso. En realidad, durante algún tiempo habían pensado en ponerle algún nombre galés o escocés. Pero la hermosa casa de campo de los Asterisk-Thomson, que se hallaba muy cerca de allí, en el mismo paraje primigenio, ya se llamaba Penny-gw-rydd; el retiro campestre de los Hyphen-Jones, situado justo al otro lado del pequeño lago, había sido bautizado Strathythan-na-Clee, y la encantadora casita de los Wilson-Smith tenía el nombre de Yodel-Dudel, de modo que parecía más apropiado escoger un nombre italiano.

—¡Caramba, señorita Furlong, qué detallazo haber bajado hasta aquí!

El pequeño tren suburbano —de solo dos vagones, ambos de primera clase, pues su único destino eran aquellas tierras salvajes y primigenias— se había detenido en la diminuta estación junto a la carretera. El señor Spillikins se había apeado y se había encontrado con la señorita Philippa Furlong sentada detrás del chófer de los Newberry. Estaba tan guapa como solo puede estarlo la hermana menor de un párroco de la Alta Iglesia episcopaliana, vestida de blanco, el color de la santidad, en una hermosa mañana de julio.

No cabe la menor duda de que Philippa Furlong tenía esa belleza peculiar y casi sagrada que únicamente se puede encontrar en las proximidades del clero de la Alta Iglesia. Todos los que la envidiaban o la admiraban reconocían que la gracia que exhibía al entrar en la iglesia, la elegancia con que avanzaba por el pasillo y su forma de rezar eran muy superiores a las de cualquier otra muchacha de la avenida Plutoria.

El señor Spillikins, al verla ataviada con su blanco vestido veraniego y su pamela ancha y sujetando un parasol que se agitaba sobre su cabeza, pensó que la religión, así personificada en las hermanas menores de los párrocos de la Alta Iglesia, realmente ocupa un lugar importante en el mundo.

—¡Caramba! —repitió—. ¡Qué detallazo!

—En absoluto —aseguró Philippa—. Suba. Iba a venir Dulphemia, pero al final no pudo. ¿No trae usted más equipaje?

La última pregunta iba con segundas. Hacía alusión a los dos enormes baúles del señor Spillikins que en ese momento estaban cargando en la parte de atrás del coche, junto con su maleta, su raqueta de tenis y su equipo de golf. El señor Spillikins, como cualquier joven con experiencia en cuestiones de sociedad, ya había renunciado a todos los lujos en otras ocasiones y sabía la cantidad de ropa que hace falta para ello.

Así pues, el automóvil se puso en marcha, avanzó a toda velocidad por la carretera asfaltada, en cuyas curvas las ramas verdes de los enormes árboles casi les rozaban la cara, y siguió su serpenteante camino entre las colinas, llevándose a Spillikins y Philippa lejos de las zonas más corrientes, llenas de sembrados y granjas, en dirección al país encantado de la propiedad privada y los castillos mágicos de Castel Casteggio y Penny-gw-rydd.

Cuando emprendieron el camino, el señor Spillikins ya debía de haberle asegurado a Philippa unas doce veces que había sido un detallazo bajar a esperarlo a la estación. Tan encantado parecía porque hubiese ido a recogerlo que Philippa no quiso decirle que en realidad esperaba que del tren bajase otra persona. Pues para una muchacha que ha crecido en los principios de la Alta Iglesia la verdad es algo muy sagrado. Tanto que debe guardársela para sí.

Y, como es natural, puesto que contaba con una oyente tan comprensiva, no pasó mucho tiempo antes de que el señor Spillikins comenzase a hablar de Dulphemia y de sus esperanzas.

—No sé si de verdad le gusto o no —le dijo el señor Spillikins—, pero tengo bastantes esperanzas. El otro día, hace como dos meses, en una de las reuniones de la Sociedad Yahi-Bahi... Usted no participó en eso, ¿verdad? —le preguntó, interrumpiéndose.

—Solo al principio —contestó Philippa—. Luego nos fuimos a las Bermudas.

—Ah, sí, ya me acuerdo. ¿Sabe? Al principio me dio mucha pena, sobre todo por Ram Spudd. Me caía bien. Le envié un kilo de tabaco a la penitenciaría la semana pasada. Es posible hacerles llegar cosas, ya me entiende, si se sabe cómo.

—Pero ¿qué iba a decir? —preguntó Philippa.

—Ah, sí —dijo el señor Spillikins. Y en ese momento reparó en que se había alejado del tema de Dulphemia, algo que nunca antes le había sucedido—. Iba a decir que en una de las reuniones, ya me entiende, le pregunté si podía tutearla y llamarla Dulphemia.

—¿Y ella qué contestó? —quiso saber Philippa.

—Me dijo que le daba igual cómo la llamase. Conque yo creo que la cosa pinta bien, ¿usted no?

—Muy bien —respondió Philippa.

—Y, algún tiempo después, le llevé a casa los zapatos que se había dejado en el Baile de Caridad del Gran Palazo. Archie Jones la acompañó a casa en su coche, pero yo le llevé los zapatos. Se los había olvidado. A mí me pareció muy buena señal, ¿no le parece? Usted no dejaría que un chico anduviese por ahí con sus zapatos a no ser que lo conociese bien, ¿verdad, señorita Philippa?

—No, ni yo ni nadie —repuso Philippa. Esto, por supuesto, era un principio cardinal de la Iglesia Anglicana.

—Y, un poco después de eso, un día, Dulphemia, Charlie Mostyn y yo íbamos a pie al musical de la señora Buncomhearst y, al poco de salir, ella se detuvo y me pidió que volviera a buscar sus partituras. ¡A mí, figúrese, no a Charlie! Yo lo encuentro terriblemente significativo.

—En extremo significativo —convino Philippa.

—¿A que sí? —siguió el señor Spillikins—. No le importará que le cuente todo esto, ¿verdad, señorita Philippa? —añadió.

Al señor Spillikins, dicho sea de paso, le parecía apropiado llamarla señorita Philippa, ya que su hermana era en realidad la señorita Furlong, de modo que habría sido bastante impropio, razonaba el señor Spillikins, llamar a la señorita Philippa por su apellido. En cualquier caso, la belleza de la mañana anulaba esa posibilidad.

—No me importa lo más mínimo —contestó Philippa—. Creo que es un detallazo por su parte hablarme de estas cosas.

No añadió que ya lo sabía todo.

—Es que —dijo el señor Spillikins— es usted terriblemente comprensiva. ¡Qué fácil resulta hablar con usted! Con otras muchachas, sobre todo con las listas, incluso con Dulphemia, suelo sentirme como un perfecto cretino. Pero con usted no me siento así.

—¿De verdad? —preguntó Philippa, pero la sincera admiración que se veía en los ojos saltones del señor Spillikins hacía que cualquier respuesta sarcástica estuviese fuera de lugar.

—¡Caramba! —dijo el señor Spillikins sin venir a cuento—. Espero que no le importe que se lo diga, pero está usted pero que muy bien toda de blanco... Impresionante.

Le parecía que un hombre comprometido, o prácticamente, podía tomarse la libertad de hacerle a una señorita un cumplido sincero.

—Ah, se refiere a este trapo viejo —se rió Philippa, sacudiendo con desdén el vestido—. Es que aquí arriba, como ya sabe, nos ponemos cualquier cosa.

Lo que no mencionó fue que aquel trapo viejo tenía dos semanas de antigüedad y le había costado ochenta dólares, es decir, el equivalente a seis meses de alquiler de un banco para una persona en San Asaph.

Después solo tuvieron ocasión para un par de comentarios, o al menos eso le pareció al señor Spillikins, y apenas le había dado tiempo de pensar en lo encantadora que estaba Philippa desde que había vuelto de las Bermudas —sin duda por efecto del clima de esas islas afortunadas— cuando de pronto tomaron una curva, desembocaron en un paseo bordeado por árboles que se mecían al viento y allí estaban las grandes extensiones de césped, las amplias galerías y los invernaderos de Castel Casteggio, justo delante de ellos.

—Hemos llegado —anunció Philippa—. Y ahí está el señor Newberry, en el jardín.

—Bueno, esta —decía el señor Newberry un poco después, mientras agitaba la mano— es en mi opinión la mejor vista del lugar.

Estaba en una esquina de la extensión de césped, salpicada de grandes árboles, donde el terreno comenzaba a descender hacia las orillas del pequeño lago, y le mostraba al señor Spillikins las bellezas de Castel Casteggio.

El señor Newberry cubría su cuerpo achaparrado y redondo con la ropa veraniega típica del hombre que se pone cómodo y se viste con descuido: unos sencillos pantalones de franela blanca, que no valían más de seis dólares por pernera, y una camisa corriente de seda blanca con cuello redondo, que no podía haberle costado más de quince dólares; en la cabeza llevaba un panamá común, de, digamos, cuarenta dólares.

—¡Caramba! —exclamó el señor Spillikins, que miraba en derredor, observando la casa y el hermoso jardín poblado de enormes árboles—. ¡Qué sitio tan encantador!

—¿Verdad que sí? —contestó el señor Newberry—. Debería usted haberlo visto cuando lo compré. Solo para hacer la carretera tuve que dinamitar unas cien yardas de roca y luego traer toneladas y toneladas de cemento, además de piedra para reforzar el muro de contención.

—¡No me diga! —respondió el señor Spillikins, mirando al señor Newberry con gran respeto.

—Sí. Y eso no es nada en comparación con la casa. Verá, tuve que cavar más de cuarenta pies para echar los cimientos. Primero me vi obligado a atravesar veinte pies de arcilla blanda y, cuando por fin llegué a la arena y la pasé, ¡diantre!, topé con ocho pies de agua. Tuve que bombearla. Creo que saqué casi cuatro mil litros antes de poder llegar a la roca. Luego cogí sólidas vigas de acero de cincuenta pies —aquí el señor Newberry imitaba con los brazos a un hombre colocando una viga de acero—, las enderecé y las atornillé a la roca. Hecho esto, coloqué las vigas transversales, aseguré las que iban en el techo, todas de acero, de sesenta pies cada una, y luego lo sujeté todo sin hacer demasiada fuerza, solo aguantándolo un poco, y dejé que se hundiera gradualmente hasta colocarse en su sitio.

El señor Newberry ilustró con los dos brazos la imagen de la enorme casa hundiéndose despacio hasta encontrar su lugar.

—¡No me diga! —exclamó el señor Spillikins, perplejo ante la extraordinaria fuerza física que debía de tener el señor Newberry.

—Discúlpeme un momento —lo interrumpió el señor Newberry—, que voy a alisar la gravilla que está usted pisando, porque me temo que la ha descolocado bastante.

—¡Ay, lo siento muchísimo! —dijo el señor Spillikins.

—No, no pasa nada, no pasa nada —lo tranquilizó su anfitrión—. No me importa lo más mínimo. Lo hago solo por McAlister.

—¿Por quién?

—Mi jardinero. No le gusta que pisemos los senderos de grava porque quedan marcas. Pero a veces uno se olvida.

Para ser justos, deberíamos mencionar aquí que una de las mayores glorias de Castel Casteggio era su servicio. Lo habían traído al completo de Gran Bretaña, como no podía ser menos. Proporcionaba a los señores Newberry unas comodidades indescriptibles. De hecho, como ellos mismos admitían, en los Estados Unidos no se encuentra otro servicio así.

—Nuestro jardinero escocés —explicaba siempre la señora Newberry— es todo un personaje. No sé dónde encontraríamos otro igual. ¿Sabes, querida, que sencillamente no nos permite coger rosas? Y si alguien pisa la hierba se pone furioso. Además, se niega en redondo a que comamos sus hortalizas. Me dejó bien claro en una ocasión que, si le tocábamos sus guisantes o sus pepinos antes de tiempo, se marcharía. Tenemos que esperar tranquilos a que termine de cultivarlos.

—¡Qué maravilla tener criados como esos! —murmuraría entonces la señora con la que conversase—, tan devotos y tan distintos del servicio a este lado del charco. Figúrate, querida, que mi chófer, cuando estuve en Colorado, directamente me amenazó con marcharse porque quería bajarle el sueldo. Creo que es por culpa de esos espantosos sindicatos.

—Estoy segura. Claro que a veces tenemos problemas con el señor McAlister, pero siempre se muestra muy razonable cuando le explicamos las cosas desde el punto de vista adecuado. La semana pasada, por ejemplo, yo temí que hubiésemos ido demasiado lejos con él. Está acostumbrado a tomarse un litro de cerveza todas las mañanas, a las diez y media. Las doncellas se lo llevan y después se echa la siesta en la pequeña pérgola que hay junto al macizo de tulipanes. Pues el otro día, cuando llegó, se encontró con que uno de nuestros invitados, que no sabía nada, estaba allí sentado, leyendo. Por supuesto, se puso furioso. Por un momento temí que fuese a despedirse en el acto.

—¿Y qué habrías hecho?

—La verdad, querida, es que no lo sé. Pero enseguida le explicamos que había sido un accidente, que la persona no sabía nada y que, por supuesto, no volvería a ocurrir. Después se calmó un poco, pero se marchó refunfuñando para sus adentros y esa tarde cavó todo el macizo y tiró los tulipanes al otro lado de la valla. Lo vimos hacerlo, pero no nos atrevimos a decirle nada.

—¡No, no! —coreó la otra señora—. Si le hubierais dicho algo, podríais haberlo perdido.

—Exacto. Y no creo que podamos encontrar otro como él, al menos no a este lado del charco.

—Pero, venga —dijo el señor Newberry, cuando terminó de recolocar la gravilla con el pie—, la señora Newberry y las chicas están en la galería. Vamos a verlas.

A los pocos minutos, el señor Spillikins charlaba con la señora Newberry y con Dulphemia Rasselyer-Brown, y le decía a la señora lo bonita que era su casa. Junto a ellas estaba Philippa Furlong, que había rodeado con el brazo la cintura de Dulphemia. La imagen de las dos muchachas agarradas, con las cabezas juntas, dorada la de Dulphemia y castaña la de Philippa, era tan hermosa que el señor Spillikins no tenía ojos ni para la señora Newberry ni para Castel Casteggio ni para nada. Tanto era así que prácticamente no vio a una muchachita de verde que permanecía con toda discreción junto a la señora Newberry. La verdad es que, aunque alguien se la había presentado, dos minutos después ya no era capaz de recordar su nombre. Tenía los ojos y la cabeza puestos en otra parte.

Pero ella, en cambio, no.

Pues la Muchachita de Verde observaba al señor Spillikins con los ojos muy abiertos y al mirarlo veía en él todas las maravillas que nadie había apreciado hasta entonces.

Del porte de su cabeza deducía lo terriblemente inteligente que era; por su postura, de pie con las manos en los bolsillos, notaba lo viril y valiente que debía de ser; y, por supuesto, llevaba estampado por todo el cuerpo el sello de la firmeza y la fuerza. En conclusión, al mirarlo veía un Peter Spillikins que en realidad jamás había existido o que nadie había sospechado que pudiera estar ahí.

Al momento se alegró infinito de haber aceptado la invitación de la señora Newberry y de no haber tenido miedo de ir a pasar unos días en Castel Casteggio. Porque la Muchachita de Verde, bautizada como Norah, era solo lo que se conoce como una pariente pobre de la señora Newberry, hija de un señor sin relevancia alguna, que no pertenecía al Club Mausoleo ni a ningún otro club y que vivía con ella en una calle en la que no vivía nadie que fuese alguien. Habían propuesto a Norah que dejase la Ciudad unos días y subiese a Castel Casteggio para cambiar de aires (que es lo único que se le puede proponer sin correr riesgos a un pariente pobre). Así, la joven había llegado a la mansión con un baúl diminuto, tan pequeño y gastado que hasta los criados que lo subieron a su habitación se sentían avergonzados. Dentro llevaba un par de zapatillas de tenis recién compradas (que en un principio costaban noventa centavos, pero que estaban rebajadas a setenta y cinco) y un vestido blanco de esos que se designan como «casi de noche», y otras cosas, muy pocas, de las que suelen meter en sus maletas los parientes pobres, amedrentados y temblorosos por ir a disfrutar de la sencilla rusticidad de los ricos.

Esa era Norah, la muchacha que observaba al señor Spillikins.

En cuanto a él, tales son las contrariedades de las relaciones humanas, no tenía ojos para ella.

—¡Qué casa tan absolutamente encantadora! —comentaba. Siempre decía lo mismo en ese tipo de ocasiones, pero a la Muchachita de Verde le parecía que hablaba con una desenvoltura maravillosa.

—Me alegro de que le guste —repuso la señora Newberry (siempre contestaba lo mismo)—. No tiene ni idea del trabajo que nos ha costado. Este año hemos cambiado los cristales del invernadero este: más de mil hojas. ¡Menudo trajín!

—Precisamente, antes le contaba al señor Spillikins —dijo el señor Newberry— lo que nos costó preparar el terreno para el trazado de la carretera. Desde aquí se ve mejor el hueco por el que pasa, ¿verdad, Spillikins? Habré utilizado como una tonelada y media de dinamita para abrir ese hueco.

—¡Caramba! —exclamó el señor Spillikins—. Debe de ser peligroso, ¿no? No sé cómo no le da miedo.

—Uno se acostumbra, eso es todo —contestó el señor Newberry, encogiéndose de hombros—, pero claro que es peligroso. La última vez hice volar en pedazos a dos italianos. —Hizo una pausa y añadió, meditabundo—: Son resistentes, esos italianos. Prefiero volarlos a ellos que a otros.

—¿Los hizo volar usted mismo? —preguntó el señor Spillikins.

—Yo no estaba —respondió el señor Newberry—. En realidad, procuro no estar cuando tengo que volar algo. Siempre nos vamos a la Ciudad. Pero de todos modos tuve que pagar la factura. Es justo, eso sí. Claro está que quien corría los riesgos era yo, no ellos.

Eso dice la ley, como sabrá. Me costaron dos mil dólares cada uno.

—Pero, venga —intervino la señora Newberry—, creo que es hora de que nos cambiemos para cenar. Franklin se enfadará mucho si nos retrasamos. Es nuestro mayordomo —añadió, al ver que el señor Spillikins no comprendía— y, como nos lo trajimos de Inglaterra, tenemos que tener mucho cuidado con él. Cuando se cuenta con un sirviente tan bueno como Franklin, uno siempre tiene miedo de perderlo. Y, después de lo de anoche, tenemos que ser especialmente cuidadosos.

—¿Qué pasó anoche? —inquirió el señor Spillikins.

—Oh, nada del otro mundo —repuso la señora Newberry—. En realidad, no fue más que un accidente. Lo que sucedió fue que, cuando ya casi habíamos terminado de cenar (nuestras cenas aquí son muy frugales, señor Spillikins), el señor Newberry, que tenía sed y no pensaba lo que decía, le pidió a Franklin una copa de *hock*. Y Franklin le contestó de inmediato: «Lo siento mucho, señor, pero me niego a servir ese vino después de los entrantes».

—Y, por supuesto, tenía razón —apuntó Dulphemia con énfasis.

—Exacto, tenía toda la razón. Verá, ellos entienden de eso. Teníamos miedo de que este incidente nos ocasionara problemas, pero el señor Newberry fue a ver a Franklin más tarde y él se lo tomó muy bien. Bueno, ¿y si vamos a cambiarnos? Ya son las seis y media, solo tenemos una hora.

El señor Spillikins pasó los siguientes tres días en esta agradable compañía.

La vida en Castel Casteggio, como les gustaba decir a los Newberry, se guiaba por un plan extremadamente sencillo. Se desayunaba temprano, como es costumbre en el campo, a las nueve; después no se comía nada hasta el almuerzo, a no ser que a alguien le apeteciera pedir que enviasen a la cancha de tenis una limonada o una cerveza con una galleta o un dulce de almendra. A mediodía se tomaba un almuerzo austero, que duraba hasta la una y media y solo incluía fiambre (unos cuatro tipos) y ensaladas, acompañados de uno o dos platos cocinados y, si a alguien le apetecía, un filete o una chuleta, o las dos cosas. Después se tomaba el café y se fumaba en la galería, al fresco, mientras se esperaba el té de la tarde, que se servía en una mesa de mimbre, colocada en cualquier parte de la propiedad en la que en ese momento no se estuviera podando, cortando césped o realizando cualquier otra actividad. Después de tomar el té, la gente descansaba o paseaba por el jardín hasta que llegaba la hora de cambiarse para la cena.

Esta rutina sencilla solo se veía interrumpida por la llegada de visitantes a bordo de sus automóviles o de sus lanchas motoras, procedentes de Penny-gw-rydd o de la mansión Yodel-Dudel.

Tanto para el señor Spillikins como para Dulphemia o Philippa, esto representaba la esencia misma de la rusticidad.

A la Muchachita de Verde, en cambio, le parecía tan deslumbrante como la corte de Versalles, sobre todo las cenas —lo que para los demás era una austera comida casera—, en las que podía beber de cuatro copas distintas y se enfrentaba a problemas como, por ejemplo, saber si, cuando Franklin le servía el vino, debía pedirle que parase o esperar a que él lo hiciera cuando le pareciese oportuno, y misterios semejantes, sobre los que muchas personas antes y después que ella han meditado.

Durante todo este tiempo, el señor Spillikins se armaba de valor para proponerle matrimonio a Dulphemia Rasselyer-Brown. De hecho, pasaba mucho tiempo con Philippa Furlong, paseando de acá para allá bajo los árboles y hablando con ella sobre la proposición que tenía pensado hacer, además de otros temas, como el matrimonio en general y la poca valía de su persona.

Podría haber esperado para siempre de no ser porque, al tercer día de su estancia, supo que Dulphemia se marchaba al día siguiente para ir a ver a su padre a Nagahakett.

Aquella noche, sacó fuerzas de flaqueza y por fin se atrevió a hablar. El resultado de su proposición fue extremadamente satisfactorio en casi todos los aspectos.

—¡Caramba! —le dijo Spillikins a Philippa Furlong al día siguiente—. Se portó de maravilla. Creo que en cierto modo debía de haber adivinado ya, ¿no le parece?, lo que yo iba a decirle. Pero, en cualquier caso, se portó de maravilla. Me dejó hablar todo lo que quise y, cuando le dije que yo era un tonto, me contestó que a ella no le parezco ni la mitad de tonto de lo que me considera la gente. Pero, al final, resulta que no piensa en casarse. Le pregunté si podía seguir pensando en ella y me dijo que sí.

Aquella mañana, cuando el automóvil se llevó a Dulphemia a la estación, el interés del señor Spillikins, sin que este supiera muy bien cómo había ocurrido, se había volcado en Philippa.

—¿Verdad que es una chica estupenda? —le decía al menos diez veces al día a Norah, la Muchachita de Verde. Y Norah siempre le daba la razón, porque de verdad consideraba a Philippa una criatura absolutamente maravillosa. No cabe duda de que, de haberse producido un ligero cambio en las circunstancias, el señor Spillikins le habría propuesto matrimonio a la señorita Furlong. De hecho, dedicaba mucho tiempo a ensayar pequeños discursos que comenzaban: «Claro que sé que en cierto modo soy un verdadero burro» o «Claro que sé que no soy en absoluto la clase de tipo...», o cosas por el estilo.

Pero nunca llegó a pronunciar ninguno de esos discursos.

Pues sucedió que el jueves, una semana después de la llegada del señor Spillikins, Philippa volvió a bajar hasta la estación en el automóvil. Y cuando regresó iba con ella otro pasajero, un joven alto vestido de *tweed*, y los dos comenzaron a llamar a gritos a los Newberry cuando aún se encontraban a unas cien yardas de ellos.

Y tanto el señor como la señora Newberry exclamaron: «¡Pero si es Tom!», y se apresuraron a ir a recibirlos. Y hubo tal alborozo y tales risas cuando los dos se bajaron del coche y llevaron las maletas de Tom hasta la galería que de pronto el señor Spillikins se sintió tan fuera de lugar como la Muchachita de Verde, sobre todo cuando sus oídos captaron una de las primeras frases que pronunciaron, a saber: «Denos la enhorabuena, señora Newberry, nos hemos comprometido».

Después de esto, el señor Spillikins tuvo el placer de sentarse con los demás en las sillas de mimbre de la galería y escuchar a Philippa y Tom explicar que se habían comprometido hacía muchísimo tiempo —en realidad, casi dos semanas—, solo que habían decidido no decírselo a nadie hasta que Tom pudiera ir a Carolina del Norte a ver a su familia.

Quién era Tom o qué relación tenía con los Newberry era algo que el señor Spillikins ni sabía ni quería saber. Tampoco sentía interés alguno por descubrir que Philippa había conocido a Tom en las Bermudas y que ni siquiera estaba al tanto de que él ya había tratado con los Newberry, igual que no deseaba descubrir ninguna de las emocionantes revelaciones que hicieron en aquel rato. En realidad, si hubo algún momento en el que el señor Spillikins sintió que la visión íntima que tenía de sí mismo era cierta, fue entonces.

Así pues, al día siguiente Tom y Philippa desaparecieron juntos.

—Ahora somos un grupo muy reducido —dijo la señora Newberry—. En realidad, seremos solo nosotros hasta que llegue la señora Everleigh, y para eso aún faltan quince días.

Al oír esto, la Muchachita de Verde se puso muy contenta, porque temía que llegasen otras jóvenes pero sabía que en cambio la señora Everleigh era viuda y tenía cuatro hijos, por lo que debía de ser viejísima, de al menos cuarenta años.

El señor Spillikins pasó los siguientes días casi por entero en compañía de Norah. Le pareció que en líneas generales habían sido agradables, pero habían pasado despacio. Para ella constituyeron un sueño ininterrumpido de felicidad, que no habría de olvidar nunca.

Los Newberry los dejaron solos, no con alguna intención, sino sencillamente porque estaban siempre ocupados paseando por el jardín de Castel Casteggio, volando cosas con dinamita, tendiendo puentes de acero sobre barrancos y levantando pesadas vigas de madera con grúas. No se les podía echar en cara, pues no siempre había estado a su alcance controlar la dinamita y manejar las fuerzas de la naturaleza. Hubo una época, hacía ya mucho tiempo, en que los Newberry vivían con veinte dólares semanales para los dos, la señora se cosía sus vestidos y por las tardes el señor dedicaba sus energías a fabricar con sus propias manos las estanterías para la sala de estar. De eso hacía mucho y desde entonces el señor Newberry, como tantos por allí, había conseguido alcanzar la riqueza y Castel Casteggio, mientras que otros, como el padre de Norah, se habían quedado como estaban.

Así pues, los Newberry dejaban que Peter y Norah pasasen juntos todo el día. Incluso después de cenar, por la noche, muchas veces el señor Newberry llamaba a su esposa desde la penumbra de algún remoto rincón del jardín y le decía:

—Margaret, ven aquí y dime qué te parece si talamos este olmo, arrancamos el tocón de raíz y lo tiramos al barranco.

Y la respuesta siempre era:

—Espera un momento, Edward, que voy a coger un chal.

Regresaban cuando ya era noche cerrada, después de dinamitar por enésima vez la mitad de la finca.

Entretanto, el señor Spillikins se sentaba con Norah en la galería. Él hablaba y ella escuchaba. Le contó, por ejemplo, sus asombrosas experiencias en el mercado del petróleo y su emocionante carrera en la universidad. Otras veces entraban en la casa y Norah tocaba el piano mientras el señor Spillikins se sentaba a escucharla y a fumar.

En una casa como la de los Newberry, donde el uso de la dinamita y de otros explosivos más potentes estaba a la orden del día, un detalle como fumar en el salón carecía de importancia. En cuanto a la música, el señor Spillikins siempre le decía a Norah: «Usted toque, que yo no soy nada musical, pero la música no me molesta lo más mínimo».

Por el día jugaban al tenis. Había una cancha en un extremo del jardín, situada entre sol y sombra, bajo los árboles. A Norah le parecía un sitio muy bonito, aunque el señor Spillikins decía que la alternancia de sol y sombra empeoraba su juego. De hecho, a eso se debía por entero el que sus veloces *drives,* por muy bien ejecutados que fueran, inexplicablemente siempre se saliesen de la pista.

A Norah, como es natural, el señor Spillikins le parecía un jugador extraordinario. Quedaba encantada cuando él ganaba seis a cero (algo que, en realidad, agradaba a ambos). Ella ni sabía ni le importaba que no hubiese nadie más en el mundo a quien el señor Spillikins pudiese derrotar de esa manera. En una ocasión, él llegó incluso a decirle:

—¡Caramba! No juega usted del todo mal, ¿sabe? Creo que con un poco de práctica mejoraría bastante, ¿sabe?

Desde ese momento, se dio por sentado que los partidos eran algo así como clases de tenis, hecho que colocó al señor Spillikins en un nivel de superioridad e hizo que cualquier tiro fallido por su parte se pudiese considerar como un gesto de condescendencia.

Por otra parte, como resultado de esta visión del tenis, a Norah le tocaba recoger las pelotas y volver a lanzárselas al señor Spillikins. Él la dejaba hacer, no por descortesía, defecto que Spillikins no tenía, sino porque en un lugar tan primigenio como Castel Casteggio las relaciones entre los sexos no pueden sino volver a su forma más primitiva.

Sin embargo, el señor Spillikins nunca pensó en el amor. Siempre lo había observado de lejos, con anhelo, hasta el punto de que cuando lo tuvo delante de sus ojos no fue capaz de reconocerlo. Era como si su mente solo pudiese relacionar el amor con cosas deslumbrantes y sensacionales, como los sombreros de Pascua, las faldas de estilo árabe y la sensual conciencia de lo inalcanzable.

Pero, pese a estar así las cosas, no hay forma de saber lo que habría podido ocurrir. El tenis, cuando se practica en una hermosa cancha entre sol y sombra, bajo el follaje veraniego, es un deporte peligroso. Un día, estando cada uno a un lado de la red, el señor Spillikins le explicaba a Norah cómo debía sujetar la raqueta para poder lanzar los excepcionales reveses que daba él (que por lo general enviaban la pelota casi hasta el lago), explicación que lo obligó a colocar su mano sobre la de Norah y a aferrarla con fuerza durante medio segundo. Y de haberse alargado ese medio segundo hasta convertirse en un segundo completo, es bastante posible que lo que ya apuntaba en su subconsciente hubiese salido triunfante a la superficie y que la mano de Norah hubiese permanecido en la suya —¡y con qué gusto!— para el resto de sus vidas.

Pero justo en ese preciso instante el señor Spillikins alzó la vista y dijo con cierta alteración en la voz:

—¡Caramba! ¿Quién es esa preciosidad que está saliendo del automóvil?

Y sus manos se separaron. Norah miró hacia la casa y dijo:

—¡Pero si es la señora Everleigh! Creía que no vendría hasta dentro de una semana.

—¡Vaya, vaya! —exclamó el señor Spillikins, forzando la vista al máximo—. Qué maravilla de cabellera dorada, ¿verdad?

—Pero si... —comenzó a decir Norah, pero luego calló. No le parecía propio explicarle que la señora Everleigh se teñía el pelo.

—¿Y quién es el tipo que está con ella? —preguntó el señor Spillikins.

—Me parece que es el capitán Cormorant, pero no creo que se quede. Solo la ha traído en automóvil desde la ciudad.

—¡Vaya, menudo detallazo! —comentó Spillikins. Y este sentimiento hacia el capitán Cormorant, aunque aún no lo supiera, iba a convertirse en la tónica de su existencia.

—No sabía que iba a venir tan pronto —dijo Norah, que ya comenzaba a experimentar cierta angustia. Claro que no lo sabía, y menos aún, ni ella ni nadie, que el motivo de que la señora Everleigh hubiese adelantado su visita era que el señor Spillikins estaba allí. Había ido con un propósito firme y le pidió al capitán Cormorant que se marchara inmediatamente porque no quería tenerlo por allí.

—¿No deberíamos subir a la casa? —preguntó Norah.

—Muy bien —contestó el señor Spillikins con presteza—. Vamos.

Ahora bien, puesto que al comienzo de este relato ya se apuntaba que la señora Everleigh es hoy la señora

Everleigh-Spillikins, no hay necesidad de narrar en detalle las etapas del cortejo del señor Spillikins. Su curso fue rápido y feliz. El señor Spillikins, después de verle la coronilla a la señora Everleigh, concluyó que era la mujer más hermosa del mundo, impresión difícil de corregir en la penumbra de un salón o en una cena a la luz de velas cubiertas por gruesas pantallas rojas, ni tampoco de día cuando se lleva puesto un velo. En cualquier caso, es justo decir que la señora Everleigh no era ni es una mujer particularmente hermosa, aunque el señor Spillikins sigue sin saberlo. Y, por lo que a atractivo se refiere, las atenciones de dos expertos como el capitán Cormorant y el teniente Hawk hablan por sí solas.

Por lo tanto, el amor del señor Spillikins, pues sin duda fue amor, se desarrolló con rapidez hasta alcanzar su meta. Y en cada etapa iba relatándole sus progresos a Norah.

—De verdad que es una mujer extraordinaria —le decía—, tan comprensiva... Siempre parece que sabe lo que uno va a decir.

Y así era, porque ella hacía que lo dijera.

—¡Caramba! —le contó un día después—. La señora Everleigh es una mujer sensacional, ¿verdad? Estaba explicándole que durante una temporada me dediqué al negocio del petróleo y opina que debo de ser muy bueno en cuestiones monetarias. Me dijo que le gustaría que yo administrase su dinero.

También esto era cierto, solo que la señora Everleigh no había dejado claro que la gestión de su dinero consistía en lo que se suele llamar financiación deficitaria. En realidad, hablando en plata, su dinero era inexistente, por lo que requería una gestión fuera de lo común.

Al cabo de uno o dos días, el señor Spillikins decía:

—Creo que la señora Everleigh debe de haber sufrido mucho, ¿no le parece? Ayer me enseñó una foto de su hijito. Tiene un hijito, ¿sabe usted?

—Sí, ya lo sabía —contestó Norah. No añadió que también sabía que tenía otros tres.

—Y me contó lo duro que le resulta estar siempre separada de él, porque estudia en la academia del doctor no sé qué.

Y, poco después, el señor Spillikins añadía, temblándole la voz:

—¡Caramba! Sí, tengo muchísima suerte. Nunca pensé que pudiera interesarle a una mujer como ella, que recibe tantas atenciones y eso. No se me ocurre qué habrá visto en mí.

Y menos mal.

Pero entonces el señor Spillikins se quedó callado, pues se dio cuenta —esto sucedió una mañana en la galería— de que Norah se había puesto el sombrero y la chaqueta y de que el automóvil se dirigía hacia la puerta.

—¡Pero bueno! —exclamó—. ¿Se va usted?

—Sí. ¿No lo sabía? —contestó Norah—. Pensé que se habría enterado ayer en la cena, cuando se hablaba de ello. Tengo que volver a casa. Mi padre está solo, ya sabe.

—¡Oh, cuánto lo siento! —dijo el señor Spillikins—. No podremos jugar más al tenis.

—Adiós —dijo Norah, y mientras decía esto y extendía la mano para despedirse, los ojos se le llenaban de lágrimas. Pero el señor Spillikins, por ser corto de vista, no notó nada.

—Adiós —dijo.

Luego, cuando el automóvil se la llevaba, se quedó parado un momento, perdido en sus pensamientos. Puede que en su mente cobrasen forma, difusa y vagamente, algunas de las cosas que podrían haber sido. Pero entonces se oyó una voz que salía del salón, en un tono calculado y seguro:

—Peter, querido, ¿dónde estás?

—¡Ya voy! —gritó el señor Spillikins, y fue.

Dos días después de comprometerse, la señora Everleigh le enseñó a Peter una pequeña fotografía que llevaba en un broche.

—Este es Gib, mi segundo hijito —le explicó.

El señor Spillikins comenzó a decir:

—No sabía... —Pero luego se interrumpió y exclamó—: ¡Caramba, qué muchachito tan majo!, ¿eh? Me encantan los niños.

—Un chiquillo adorable, ¿a que sí? —repuso la señora Everleigh—. Ahora está mucho más alto, porque la foto es un poquito antigua.

Y al día siguiente le dijo:

—Este es Willie, el tercero.

Y al otro le dijo:

—Este es Sib, el pequeño. Seguro que te encanta.

—Seguro que sí —contestó el señor Spillikins. Ya le caía bien solo por ser el último.

Así pues, al cabo del tiempo —tampoco mucho, pues sucedió a las cinco semanas—, Peter Spillikins y la señora Everleigh se casaron en la iglesia de San Asaph, situada en la avenida Plutoria. Y fue una de las bodas más hermosas y suntuosas de la temporada de septiembre. Hubo flores y damas de honor con largos velos y acomodadores con levitas y toldos a la entrada de la iglesia e hileras de automóviles con chóferes de importación cargados de recuerdos de boda, y todo aquello que da a las bodas de la avenida Plutoria su peculiar carácter sagrado. El rostro del joven párroco, el señor Fareforth Furlong, se veía más angelical que de costumbre, por efecto de haber cobrado unos honorarios de quinientos dólares. La Ciudad entera estaba allí, o al menos todos los que contaban; y, si había alguna ausencia, si una muchachita se había quedado sola y a oscuras en la salita de una casucha corriente de una calle miserable, ¿quién podía saberlo o preocuparse por ello?

Así pues, tras la ceremonia, la feliz pareja —pues ¿acaso no lo eran?— partió rumbo a Nueva York. Allí pasaron la luna de miel. Habían pensado en ir a la costa de Maine (esa era la idea del señor Spillikins), pero la señora Everleigh-Spillikins dijo que Nueva York le parecía mucho más agradable y tranquilo, mientras que, como todo el mundo sabe, en la costa de Maine hay un ajetreo espantoso.

Además, resultó que, cuando los señores Everleigh-Spillikins apenas llevaban cuatro o cinco días en Nueva York, el barco del capitán Cormorant atracó en el Hudson. Y cuando en ese barco se echaba el ancla, por lo general así se quedaba. De este modo, el capitán tuvo ocasión de sacar a los Everleigh-Spillikins por Nueva York, de ofrecer una merienda a bordo de su navío para que la señora pudiese conocer a los oficiales y de organizar otra merienda en el reservado de un restaurante de la Quinta Avenida, para poder encontrarse a solas con ella.

Y durante esta merienda, el capitán Cormorant le dijo, entre otras cosas:

—¿Se enfadó mucho cuando le dijiste lo del dinero?

Y la señora Everleigh, ya señora Everleigh-Spillikins, contestó:

—¿Él? ¡Qué va! Creo que en realidad le gusta saber que no tengo dinero. ¿Sabes, Arthur? La verdad es que es un gran tipo. —Y mientras decía esto deslizaba la mano por la mesita de té para sacarla de debajo de la del capitán Cormorant.

—Oye —le dijo el capitán—, no te pongas sentimental con él.

Y así fue como los Everleigh-Spillikins acabaron residiendo en la avenida Plutoria, en una hermosa casa de piedra con una sala de juegos en el segundo piso. Y desde la calle casi se puede oír el entrechocar de las bolas y una voz que dice:

—Espera, padre, que me toca jugar a mí.

SEIS

LAS IGLESIAS RIVALES DE SAN ASAPH Y SAN OSOPH

Campo, se yergue entre los olmos de la avenida Plutoria, enfrente de la universidad, con su elevada aguja que
apunta hacia el cielo azul. Al párroco le gusta decir que parece un dedo levantado, como lanzando una advertencia
contra los pecados de la era comercial. En concreto, suele decirlo durante la Cuaresma, en los servicios de mediodía, cuando tiene a los empresarios sentados en filas frente a él, con las calvas cabezas descubiertas e impreso en
los rostros el arrepentimiento por las fusiones que no
han llevado a cabo o los bienes inmuebles que han dejado de comprar por falta de fe.

El terreno sobre el que se levanta la iglesia de San
Asaph vale siete dólares y medio el pie. Cuando los acreedores hipotecarios se arrodillan para rezar, vestidos con
sus largas levitas, sienten que han construido sobre una
roca sólida. La iglesia tiene unos detalles magníficos. Hay
ventanas con vidrieras de valor incalculable, importadas
de Normandía, cuyas facturas emitía el propio párroco
para ahorrarle a la congregación la gravosa carga de las
aduanas. Hay un órgano de tubos en el crucero por cuya
instalación hubo que pagar diez mil dólares. A los obli-

gacionistas, cuando unen sus voces para entonar el himno matutino, les encanta oír las dulces notas del gran órgano y pensar que es tan bueno como nuevo. Justo detrás de la iglesia se halla la Escuela Dominical de San Asaph, con su propia hipoteca de diez mil dólares. Un poco más abajo se encuentra la Casa de la Juventud, que dispone de una bolera, una piscina suficientemente profunda como para ahogar a dos jóvenes a la vez y una sala de billares con siete mesas. El párroco se jacta de que con semejante Casa de la Juventud ningún muchacho de la congregación tiene necesidad de frecuentar los bares. ¡Y tanto que no!

Los domingos por la mañana, cuando suena el gran órgano y los acreedores hipotecarios, los tenedores de bonos, los obligacionistas, los profesores de la Escuela Dominical y los tanteadores de los billares unen sus voces en un cántico, brotan de San Asaph unas alabanzas casi tan buenas y eficaces como el trabajo profesional remunerado.

San Asaph es una iglesia episcopaliana, por lo que tanto en el propio edificio como en sus proximidades hay una serie de elementos típicos de toda iglesia episcopaliana: placas doradas en las paredes, mirlos que cantan en los olmos, feligreses que no cenan antes de las ocho y un párroco que luce un pequeño crucifijo y baila el tango.

Por otra parte, en la misma calle, a algo menos de cien yardas de distancia, se encuentra la iglesia rival de San Osoph, presbiteriana hasta lo más profundo de sus cimientos, que se hunden treinta pies por debajo del nivel de la avenida. Tiene una torre pequeña y achaparrada, con un tejado bajo y ventanas estrechas de cristal esmerilado. En vez de olmos, rodean la iglesia oscuras píceas, en cuyas ramas hay cuervos y no mirlos, y tiene un pastor lúgubre que lleva un sombrero de teja y entre semana da clases de Filosofía en la universidad. Le gusta pensar que su congregación está formada por los humildes y los mansos de espíritu, aunque algunos feligreses de San Osoph, pese a toda su humildad y mansedumbre, podrían comprar la mitad de la congregación de San Asaph.

San Osoph es presbiteriana solo en un sentido especial. En realidad, es demasiado presbiteriana como para seguir vinculada a cualquier cuerpo de la Iglesia. Hace unos cuarenta años, se escindió del cuerpo al que pertenecía y, más adelante, junto con otras tres iglesias, se escindió del grupo de congregaciones escindidas. Tiempo después, surgieron discrepancias con esas tres iglesias en torno a la cuestión del castigo eterno, pues a los miembros del consejo de San Osoph les parecía que la palabra «eterno» no designaba un periodo de tiempo lo bastante largo. Esta disputa tuvo como consecuencia una escisión que dejó a la iglesia de San Osoph prácticamente aislada en un mundo de pecado, cuyo cercano fin ni negaba ni deploraba.

No obstante, en un aspecto concreto las iglesias rivales de la avenida Plutoria habían tenido una historia similar: ambas habían ido alejándose poco a poco de las zonas más humildes y pobres de la Ciudad. Cuarenta años atrás, San Asaph no era más que una pequeña iglesia de madera con una aguja de cinc, perdida en las barriadas occidentales de la Ciudad. San Osoph, por su parte, era un diminuto edificio cuadrado de la zona oriental. Sin embargo, una fábrica de cervezas había comprado el terreno en el que se encontraba la iglesia de San

Asaph, por lo que los miembros del consejo de administración, todos ellos astutos hombres de negocios que con calma iban amasando sus fortunas, reconstruyeron la iglesia en pleno periodo de auge inmobiliario. Los miembros del consejo de San Osoph, por su parte, hombres tranquilos pero iluminados por una luz interior, habían seguido el ejemplo y habían trasladado su iglesia justo al lado de una destilería en expansión. Así, las dos iglesias, decenio tras decenio, habían ido trepando por la colina de la Ciudad hasta que la Compañía de Tranvías expropió los terrenos de San Asaph y esta pudo por fin plantar triunfalmente su aguja nada menos que en la avenida Plutoria. Pero San Osoph no le iba a la zaga. A cada paso iba acercándose más a San Asaph. Los miembros de su consejo eran hombres sagaces. En cada traslado, cuidaban al máximo la reconstrucción. En la zona industrial la habían diseñado con dieciséis ventanas a cada lado y habían obtenido pingües beneficios al venderla para ser reconvertida en fábrica de bicicletas. En la zona residencial la habían hecho alargada y profunda, y después se la vendieron a una empresa cinematográfica sin cambiar siquiera un banco. Por último, una agrupación formada por miembros de la propia congregación compró un terreno en la avenida Plutoria y se lo arrendó para que erigiera en él su iglesia, con un interés nominal del cinco por ciento anual, pagadero nominalmente cada tres meses y asegurado por una hipoteca nominal.

Según iban trasladándose las iglesias, sus feligreses, o al menos lo mejorcito de la congregación (por ejemplo, los que participaban de las fortunas que iban amasándose en la Ciudad), también se mudaban, hasta que al fin, hace unos seis o siete años, las dos iglesias y las dos congregaciones se encontraron enfrentadas bajo los olmos de la avenida Plutoria, delante de la universidad.

Pero a esas alturas las dos iglesias habían corrido distintas suertes. San Asaph había tenido un éxito brillante, mientras que San Osoph era un fracaso. Ni los miembros del consejo podían negarlo. En una época en la que San Asaph no solo pagaba sus intereses sino que además tenía un hermoso superávit en todo lo que emprendía, la iglesia de San Osoph reculaba a paso firme.

La causa no dejaba lugar a dudas. Todo el mundo lo sa- bía. Era sencillamente una cuestión humana y, como decían todos, no había más que comparar a los dos hombres que estaban al frente de las iglesias para ver por qué una tenía éxito donde la otra fracasaba.

El reverendo Edward Fareforth Furlong, de la iglesia de San Asaph, era un hombre que ponía todas sus energías en las labores parroquiales. Dejaba las sutilezas de las controversias teológicas para mentes menos activas que la suya. Su credo se basaba en obras más que en palabras. Además, hiciera lo que hiciera, ponía en ello su corazón. Cuando comía en el Club Mausoleo con uno de los coadjutores de la parroquia, cuando tocaba la flauta —algo que hacía como solo un clérigo episcopaliano puede hacerlo—, acompañado al arpa por una de las señoras más hermosas de su coro, o cuando bailaba el nuevo tango episcopaliano con las hijas más jóvenes de los feligreses más ancianos, ponía en ello todas sus energías. Bebía té y jugaba al tenis con más gracia que ningún religioso a este lado del Atlántico. Cuando se colocaba junto a la pila bautismal de piedra blanca, con su largo sobrepelliz blanco y en los brazos un niño vestido de blanco (valorado en medio millón de dólares), tan hermoso e inocente como la criatura que sujetaba, todas las matronas de la congregación con hijas en edad de merecer exclamaban desesperadas: «¡Qué pena que no tenga hijos!».

Su teología era igual de sólida. Nadie daba sermones tan cortos o explicaciones del Libro del Génesis tan amenas como el párroco de San Asaph. Y, si consideraba necesario hacer referencia a la Deidad, lo hacía con el nombre de Jehová o Yahvé, o incluso Yah, de una forma calculada para no herir la sensibilidad de ninguno de los feligreses. La gente se estremecería al oír un sermón brutal, de los de antaño, sobre la ira de Dios, pero escuchaba con cortés atención una charla sobre las características de Yah. De modo similar, el señor Furlong nunca se refería al demonio como Satán, sino que siempre lo llamaba Su o Swa, quitándole así hierro al asunto. A Belcebú lo designaba como Behel-Zawbab, lo cual lo convertía en un ser por completo inofensivo. Al Jardín del Edén lo llamaba Paradeisos, palabra que explicaba el concepto a la perfección; Diluvium al Diluvio universal, aclarando así la idea; y para referirse a Jonás prefería la designación más correcta, esto es, Jon Nas, algo que equilibraba por completo la situación (es decir, el hecho de que se lo tragara Balú o el Gran Lagarto). Al infierno lo llamaba Sheol y, por lo visto, no se trataba de un lugar donde los condenados ardían en las llamas, sino que más bien estaban sometidos a lo que se podría describir como tormento moral. Esto zanjaba la cuestión del Sheol de una vez por todas, pues el tormento moral no asustaba a nadie. Resumiendo, no había nada en el sistema teológico del señor Furlong que pudiera ocasionar a los miembros de su congregación el menor momento de desasosiego.

No podría haber mayor contraste con el señor Fareforth Furlong que el que representaba el pastor de San Osoph, el reverendo doctor McTeague, que también era profesor honorario de la universidad. Uno era joven y el otro, viejo; uno bailaba y el otro, no; uno pululaba por *picnics* y meriendas campestres entre discípulos ataviados con fajas rosas y azules mientras el otro caminaba como alma en pena bajo los árboles del campus, con ojillos que parpadeaban y una cabeza que había dedicado cincuenta años a tratar de reconciliar a Hegel con san Pablo y aún seguía ocupada en ello. El señor Furlong avanzaba con los tiempos, el doctor McTeague iba silenciosamente hacia atrás con los siglos.

El doctor McTeague era un fracaso, y toda su congregación se daba cuenta. «No está al día», decían. Ese era su peor pecado. «No mira hacia delante —advertían los empresarios de la congregación—. Ese viejo cree las mismas cosas que hace cuarenta años. Y lo peor es que las predica. Así no se puede gestionar una iglesia, ¿a que no?».

Los miembros del consejo habían hecho lo posible por solucionar el problema. Le ofrecieron al doctor McTeague una excedencia de dos años para que fuese a visitar la Tierra Santa; él contestó que ya se hacía una idea de cómo era. Le redujeron el salario a la mitad; ni se dio cuenta. Le propusieron ponerle un ayudante; él se negó, alegando que no sabría dónde encontrar un hombre capaz de hacer lo que él hacía. Y, entretanto, seguía caminando como alma en pena bajo los árboles, mientras pergeñaba una combinación de dos partes de san Pablo con una de Hegel para su sermón del domingo y otra de una parte de san Pablo y dos de Hegel para su clase del lunes.

No cabe duda de que esa duplicidad de funciones era la causa de su fracaso. Y tal vez esto fuera culpa del doctor Boomer, el rector de la universidad. Boomer, como todos los rectores hoy en día, pertenecía a la Iglesia presbiteriana o, para decirlo con exactitud, incluía el presbiterianismo en su propio ser. Por supuesto, pertenecía al consejo de administración de San Osoph y fue él quien instó a que eligieran como pastor al doctor McTeague, el profesor de Filosofía.

—Un santo varón —les dijo—, el hombre idóneo para el puesto. Si me preguntaran ustedes si de verdad se siente del todo a gusto en la universidad, como profesor de Filosofía, tendría que decirles que no. Hemos de admitir que como docente no se ajusta a nuestros criterios. Parece que le cuesta mucho no incluir la religión en su programa. De hecho, invaden sus clases unas enseñanzas morales bastante peligrosas, susceptibles de contaminar a nuestros alumnos. Pero imagino que en la iglesia eso constituiría, en cualquier caso, una ventaja. En realidad, si viniesen ustedes a decirme: «Boomer, queremos que el doctor McTeague sea nuestro pastor», yo les diría: «Llévenselo».

Así pues, el doctor McTeague había sido nombrado pastor de la iglesia de San Osoph. Después, para sorpresa de todos, se negó a abandonar su trabajo en la universidad. Decía que se sentía llamado a dar esas clases. El salario, aseguraba, carecía de importancia. Le escribió al señor Furlong padre (progenitor del párroco de la iglesia episcopaliana y tesorero honorífico de la Universidad de Plutoria) para ofrecerse a seguir dando sus clases gratis. El consejo de administración de la universidad protestó; alegaron que el caso podría sentar un precedente peligroso y servir de ejemplo a otros profesores. Si bien admitían que las clases del señor McTeague merecían no ser pagadas, le rogaban que volviese a considerar su oferta. Pero él se negó. Y, a partir de ese día, a pesar de que le propusieron que se retirase cobrando el doble de su salario o que viajase a la Tierra Santa, Siria o Armenia, donde se estaban llevando a cabo espantosas matanzas de cristianos, el doctor McTeague se aferró a su puesto con una tenacidad propia de las mejores tradiciones escocesas. Lo único que en su fuero interno no lograba comprender era cómo iban a hacer, cuando le llegase el momento de morir, al cabo de unos veinte o treinta años, para sustituirlo. Esta era la situación de las dos iglesias cierta hermosa mañana de junio, cuando un acontecimiento imprevisto alteró por completo sus destinos.

—No, gracias, Juliana —le dijo el joven párroco a su hermana durante el desayuno, y su rostro angelical y perfectamente afeitado expresaba algo tan parecido a la amargura como era capaz de expresar—. No, gracias, no quiero más gachas. ¿Ciruelas pasas? No, no, gracias. Creo que no me apetecen. Y, por cierto —añadió—, no me esperes a comer. Tengo que ocuparme de un negocio importante, es decir, de un asunto de la parroquia, conque ya veré cómo me las apaño para comer donde y cuando pueda.

Mentalmente, en ese preciso instante decidía que el lugar iba a ser el Club Mausoleo y el momento tan pronto como el camarero lo atendiera.

Después de esto, el reverendo Edward Fareforth Furlong inclinó la cabeza un momento para dar una bendición breve y silenciosa, del tipo recomendado por la Iglesia episcopal norteamericana para un desayuno a base de gachas y ciruelas pasas.

Era la primera vez que desayunaban juntos y para el párroco resultaba muy significativo. Sabía lo que implicaba. Tenía que ver con las ideas de su hermana mayor, Juliana, sobre la necesidad del sacrificio personal como modo de alcanzar el estado de gracia. El párroco suspiró y se levantó. Nunca antes había echado tanto de menos a su hermana menor, Philippa, que acababa de casarse. Philippa tenía sus propias opiniones sobre el tocino con huevos y las chuletas de cordero con berro como medio de estimular el alma. Pero Juliana era diferente. El párroco comprendía al fin por qué su padre, al enterarse del compromiso de Philippa, había exclamado sin dudarlo un instante: «Entonces, por supuesto, Juliana tendrá que irse a vivir contigo. ¡Tonterías, hijo mío, tonterías! Es mi deber sacrificarme y cedértela a ti. Al fin y al cabo, yo puedo comer en el club, seguro que me darán alguna cosilla. Para un hombre de mi edad, Edward, esto carece por completo de importancia. No, no. Juliana debe irse a vivir contigo de inmediato».

La hermana del párroco se puso en pie. Se la veía alta, cetrina y adusta con su sencillo vestido negro, que contrastaba con los encantadores ropajes eclesiásticos de color blanco y rosa y los anchos sombreros con flores de estilo episcopaliano que Philippa usaba para dedicarse a las labores matutinas de la parroquia.

—¿A qué hora he de indicar que se sirva la cena? —preguntó—. Creo que Philippa y tú cenabais a las siete y media, ¿no es así? ¿No te parece un poco tarde?

—Tal vez un pelín —contestó el párroco, inquieto. No le apetecía explicarle a Juliana que resultaba imposible volver a casa antes de esa hora cuando se asistía a alguno de los tés danzantes que todo el mundo daba por entonces—. Pero no te preocupes por la cena. Puede que trabaje hasta tarde. Si necesito comer algo, ya me tomaré una galleta y un té en la Casa de la Juventud o...

No terminó la frase, pero mentalmente añadió: «O si no una cena de primera categoría en el Club Mausoleo, o en casa de los Newberry, o con los Rasselyer-Brown... En cualquier sitio menos aquí».

—Entonces, si te vas —dijo Juliana—, ¿podrías darme la llave de la iglesia?

Una mirada de dolor cruzó el rostro del párroco. Sabía perfectamente para qué quería la llave Juliana. Pretendía meterse en su iglesia a rezar.

El párroco de San Asaph era, creía él, un hombre de mentalidad abierta, como debía serlo cualquier clérigo de la Iglesia anglicana. No ponía reparos a que se diera cualquier uso a su iglesia, como por ejemplo un festival de Acción de Gracias o un recital de música, pero, cuando se trataba de abrir la iglesia para rezar en ella, eso era ir demasiado lejos. Aún había más: por la mirada de Juliana, el párroco deducía que su hermana quería ir a rezar por él. Esto para un clérigo es muy duro de llevar. Philippa, que era una buena chica, solo rezaba por ella misma, y únicamente en los lugares y momentos adecuados, y vestida de forma apropiada para rezar. El párroco comenzaba a comprender las dificultades que puede entrañar para un clérigo convivir con una hermana religiosa.

Pero nunca fue un hombre dado a discutir por naderías.

—Está colgada en mi despacho —le dijo.

A continuación, el reverendo Fareforth Furlong pasó al vestíbulo, cogió su sencillo sombrero de seda, el bastón y los guantes típicos del religioso trabajador y salió a la avenida para comenzar su día de labores parroquiales.

Desde el punto de vista terrenal, la parroquia del señor Furlong era un lugar extraordinariamente hermoso. Se extendía a lo largo de la avenida Plutoria, en la parte donde la calle es más ancha, los olmos más frondosos y los automóviles más perezosos. Subía y bajaba por las bocacalles del barrio residencial, sombreadas por grandes castaños y sumidas en una calma que casi constituía en sí misma una religión. No había ni una sola casa en la parroquia valorada en menos de veinticinco mil dólares. El interior del Club Mausoleo, con su suave piedra blanca y su estilo griego, lo transportaba a uno a la Antigüedad y le hacía pensar en Atenas y en Pablo predicando en el Areópago. Teniendo en cuenta todos los aspectos, era maravilloso combatir el pecado en semejante parroquia y mantenerlo fuera de ella. Pues estaba bien fuera. Si se contemplaba a lo ancho y a lo largo la vasta avenida no se veía rastro de él. Desde luego, no estaba en los rostros bien afeitados de los chóferes que conducían despacio sus perezosos automóviles; tampoco en los valiosos niños que desfilaban con sus niñeras de importación, a la luz parpadeante del sol que se filtraba por entre las ramas de los árboles, y mucho menos entre los bolsistas de la congregación, que caminaban codo con codo para ir a comer al Club Mausoleo, meneando los sombreros de copa al mismo ritmo y charlando concienzudamente sobre acciones preferentes y beneficios indivisos. Así podrían haber caminado, así caminaban sin duda los Padres de la Iglesia.

El pecado que pudiera haber en la Ciudad era expulsado hacia las calles comerciales por las que circulaba el tranvía elevado y más allá, hacia los barrios bajos. Allí sí que debía de haber cierta dosis de pecado. El párroco de San Asaph estaba seguro de ello. Muchos de sus feligreses más acaudalados habían bajado alguna vez en grupo por la noche para echarle una ojeada, y las señoras de la congregación se unían en todo tipo de agrupaciones, sociedades y clubes en un intento de sofocarlo, aplastarlo o meterlo entre rejas hasta que se rindiese.

Pero los barrios bajos quedaban lejos de la parroquia del señor Furlong. No tenía derecho a interferir. De ello se ocupaba una misión especial, vestigio de la antigua iglesia de San Asaph, dirigida por un estudioso de la divinidad a cambio de cuatrocientos dólares anuales. Estaba a cargo de todos los barrios bajos, de tres juzgados de paz, de dos teatros de variedades y de la cárcel de la Ciudad. Cada tres meses, el párroco y varias señoras dedicaban una tarde de domingo a bajar hasta la misión y cantar himnos. Pero este trabajo resultaba muy llevadero. Un funeral en la misión, por ejemplo, era cosa sencilla, pues no había que preparar más que un ataúd corriente y un coche fúnebre sin cristales, y distribuir algunas flores artificiales a llorosas mujeres con delantal. Lo dicho, cosa sencilla. En cambio, en la parroquia de San Asaph, donde se hallaban todas las almas verdaderamente importantes, un funeral era un gran acontecimiento, que exigía gusto y tacto, una generosa dosis de delicadeza para distinguir durante la ceremonia a quienes lloraban al muerto de quienes se beneficiaban de su desaparición y no confundir la pena privada con la simple representación empresarial. Un funeral con un ataúd corriente y un coche fúnebre no era nada al lado de unas exequias con el féretro completamente cubierto de lilas de invernadero, transportado en un carruaje y seguido por los enviados especiales de los periódicos financieros.

Más tarde, al párroco le pareció una coincidencia casi chocante el que la primera persona que se encontró en la avenida fuera el reverendo doctor McTeague en persona. El señor Furlong le dio los buenos días con la amabilidad que la Iglesia episcopaliana reserva para aquellos que están en el error. Pero el otro no lo oyó. El pastor caminaba con la cabeza gacha y los ojos perdidos; por su forma de mover los labios y por el hecho de que llevaba el maletín donde guardaba sus notas, saltaba a la vista que iba de camino a la universidad para dar una de sus clases de Filosofía. Sin embargo, el párroco no tuvo ocasión de meditar sobre el aspecto distraído de su rival. Pues, como siempre le pasaba, no bien hubo aparecido en la calle comenzó su labor parroquial del día. De hecho, apenas había dado unos pasos después de cruzarse con el doctor McTeague cuando dos hermosas feligresas con parasoles rosados lo obligaron a detenerse.

—¡Oh, señor Furlong! —exclamó una de ellas—. ¡Qué suerte haberlo encontrado! Íbamos a su casa a pedirle consejo. Para la merienda campestre del viernes, la que organiza la Casa de la Juventud, ya sabe, ¿las niñas deberían llevar vestidos blancos con fajas celestes o le parece que podríamos dejar que se pusieran fajas del color que más les guste? ¿Qué opina usted?

Se trataba de un problema importante. De hecho, fue tanto el trabajo que le ocasionó que el reverendo Fareforth tuvo que pasar media hora de grave conversación con las dos señoras, a la sombra de los olmos. Pero un clérigo ha de ser siempre generoso con su tiempo.

—Entonces, adiós —dijeron al fin—. ¿Vendrá usted al Club Browning esta mañana? ¡Oh, cuánto lo siento! Pero lo veremos en la reunión musical de esta tarde, ¿verdad?

—Sí, sí, eso espero —contestó el párroco.

—¡Hay que ver cuánto trabaja! —comentaron entre sí las señoras cuando se marchaban.

Así, despacito y con numerosas interrupciones, el párroco fue avanzando por la avenida. De vez en cuando se detenía para dejar que una criaturita de mejillas sonrosadas lo golpease con su sonajero desde el cochecito mientras él le preguntaba su edad a una niñera episcopaliana, llena de alegres y vaporosos lazos. Se quitaba el sombrero al ver los brillantes parasoles de las feligresas que pasaban en sus relucientes automóviles, hacía reverencias a los episcopalianos, inclinaba la cabeza con amabilidad a los presbiterianos e incluso saludaba quitándose el sombrero a personas que incurrían en errores más graves.

Así siguió su camino por la avenida y bajó por una bocacalle hacia el distrito financiero de la Ciudad, hasta llegar justo a sus límites, allí donde los árboles estaban a punto de desaparecer y las tiendas a punto de comenzar, y se detuvo en la puerta de la Corporación de Suministros de Himnarios, S. L. El exterior del edificio combinaba la idea de una oficina con cierto aspecto eclesiástico. La puerta parecía propia de un presbiterio o una sacristía. Había también un gran escaparate de cristal cilindrado lleno de Biblias y Testamentos, todos ellos abiertos y exhibiendo gran variedad de lenguas en sus páginas. Los había árabes, coptos, ojibwas, irlandeses y un largo etcétera. En el escaparate, escrito en pequeñas letras blancas, se leía: «Corporación de Suministros de Himnarios»; y debajo: «Órganos de Tubos y de Vapor Hosanna, S. L.»; y más abajo todavía: «Sociedad Bíblica del Buen Pastor, S. L.».

El lugar no dejaba lugar a dudas sobre su carácter sagrado. Allí trabajaba el señor Furlong padre, progenitor del reverendo Edward Fareforth. Era un hombre polifacético: presidente y director ejecutivo de las empresas mencionadas con anterioridad, miembro del consejo y secretario de San Asaph, tesorero honorífico de la universidad... Y todas sus ocupaciones, así como las oficinas en las que las desarrollaba, estaban marcadas por una especie de carácter celestial, como si fueran algo más elevado que los negocios corrientes. Como es natural, sus variados puestos se superponían y en ocasiones le hacían entrar en contacto consigo mismo desde multitud de ángulos. Así, se vendía himnarios a sí mismo, haciéndose un descuento por cada mil ejemplares como favor para consigo mismo; negociaba consigo mismo la compra de un órgano de diez mil dólares (con una rebaja que se rogaba a sí mismo mantener en la más estricta confidencialidad), y, como tesorero de la universidad, se enviaba a sí mismo una nota informal en la que se preguntaba si conocía algún plan de inversiones sólido para el déficit anual de los fondos de la universidad, unos sesenta mil dólares al año, que había que manejar con cuidado. Cualquier hombre que haya tenido que mantener relaciones comerciales de este tipo consigo mismo —y hay muchos en esa situación— sabe que se trata de las más satisfactorias de todas.

¿A qué mejor persona, pues, podía el párroco llevarle las cuentas trimestrales de la iglesia para que las revisara?

Abrió la puerta de la calle un muchacho angelical con una cara de las que solo se encuentran en los coros de la Iglesia episcopaliana. En el primer despacho por el que pasó el párroco había dos mecanógrafas con cabelleras doradas como los narcisos del reino de Saba, dedicadas a copiar cartas confidenciales en máquinas de escribir absolutamente silenciosas. El objeto de esas cartas era ofrecer cargamentos de Biblias con un descuento del dos y medio por ciento, Evangelios de san Marcos con una rebaja de dos centavos (a condición de que se exportasen de forma inmediata) y envíos sin costes a San Francisco de Evangelios de san Juan, aunque también lamentaban tener que comunicar que solo podían mandar a Misuri quince mil ejemplares de *Roca de las edades* si se pagaba en efectivo.

El carácter sagrado de su labor les había hecho adoptar una hermosa pose de concentración.

En el siguiente cuarto había un discreto secretario de blancas barbas, venerable como el *Cantar de los cantares,* quien se ocupó de acompañar al señor Fareforth Furlong al despacho de su padre.

—Buenos días, Edward —lo saludó el señor Furlong padre dándole un apretón de manos—. Estaba esperándote. Y, ahora que me acuerdo, acabo de recibir una carta de Philippa. Ella y Tom regresarán dentro de dos o tres semanas. Me escribe desde Egipto. Quiere que te diga, aunque sin duda ya te lo habrás imaginado, que no cree que pueda seguir formando parte de la congregación a su regreso. ¿Verdad que ya lo habías pensado?

—Oh, desde luego —respondió el párroco—. No cabe duda de que, en cuestiones de fe, una mujer debe seguir a su esposo.

—Exacto, más aún cuando los tíos de Tom ocupan la posición que ocupan en... —Aquí el señor Furlong echó la cabeza hacia atrás y señaló con el pulgar por encima de su hombro, de una forma que su hijo sabía que significaba la iglesia de San Osoph.

Los hermanos Overend, tíos de Tom (pues se llamaba Tom Overend), eran, como todo el mundo sabía, dos de los principales partidarios de San Osoph. No es que en origen fuesen presbiterianos, pero se trataba de hombres que se habían hecho a sí mismos, lo cual significaba que un lugar como San Asaph no podía agradarles. «Nos hemos hecho a nosotros mismos», decían los dos hermanos desafiando el catecismo de la Iglesia anglicana. No se cansaban de explicar que el señor Dick, el hermano mayor, hacía horas extraordinarias durante el día para así poder enviar al señor George, el hermano menor, a la escuela nocturna, mientras que el señor George hacía horas extraordinarias de noche para enviar al señor Dick a la escuela diurna. Así, habían ido trepando por la escalera de los negocios peldaño tras peldaño, para finalmente aterrizar en la plataforma del éxito como dos corpulentos acróbatas, jadeantes por el esfuerzo. «Durante años —explicaba el señor George—, también tuvimos que ocuparnos de papá y mamá. Cuando murieron, Dick y yo vimos la luz del día». No decían esto con mala intención, sencillamente exponían un hecho, despojándolo de toda valoración.

Al ser hombres que se habían hecho a sí mismos, se propusieron dedicar sus esfuerzos a que una institución como la iglesia de San Asaph perdiera importancia. Por puro afán de llevar la contraria, los Overend (cuyo nombre comercial era Hermanos Overend, S. L.) apoyaban a la discrepante Casa de la Juventud, a la rival Asociación Universitaria o a cualquier cosa que pudiera ocasionarles problemas. Por ello, eran fervientes partidarios y amigos del reverendo doctor McTeague. El pastor había llegado incluso a darles un ejemplar de una obra filosófica suya titulada *Explicación de McTeague de las hipótesis kantianas.* Y los dos hermanos habían dedicado una mañana entera a leérsela de cabo a rabo, encerrados en sus despachos. El señor Dick, el hermano mayor, había asegurado que jamás había leído cosa igual, mientras que el señor George, el hermano menor, había declarado que un hombre capaz de escribir eso era capaz de cualquier cosa.

En líneas generales, parecía obvio que las relaciones entre la familia Overend y la Iglesia presbiteriana eran demasiado estrechas como para que la señora de Tom Overend, de soltera señorita Philippa Furlong, pudiera sentarse los domingos en cualquier iglesia que no fuera la del doctor McTeague.

—Philippa dice —prosiguió el señor Furlong— que, dadas las circunstancias, a ella y a Tom les gustaría hacer algo por tu iglesia. Les gustaría (sí, aquí tengo la carta) sorprenderte con una nueva pila bautismal o un púlpito labrado o, si no, un cheque. Me pide que bajo ningún concepto te lo cuente, aunque le gustaría que averiguase de forma velada qué sorpresa sería la más adecuada.

—Pues creo que un cheque —contestó el párroco—. Al fin y al cabo, se le pueden dar muchos más usos.

—Exactamente —dijo su padre; tenía en mente muchas cosas que se pueden hacer con un cheque y no con una pila bautismal.

—Pues, entonces, arreglado —concluyó el señor Furlong—. Y, ahora, supongo que querrás que le eche una ojeada a las cuentas trimestrales antes de enviárselas al consejo, ¿verdad? Por eso has venido, ¿no es así?

—Sí —respondió el párroco, al tiempo que se sacaba del bolsillo un fajo de papeles azules y blancos—. Lo llevo todo encima. Creo que nuestro rendimiento es excelente, aunque me temo que no soy capaz de presentarlo con la claridad debida.

El señor Furlong padre extendió los papeles por la mesa y se colocó las gafas. Sonrió con indulgencia al ver los documentos que tenía ante sí.

—Me temo que jamás serás un buen contable, Edward —le dijo.

—Me temo que no —replicó el párroco.

—Te has equivocado por completo en los conceptos —le dijo su padre—. Aquí, por ejemplo, en las cuentas generales, incluyes «distribución de carbón a los pobres» en la columna de ingresos, igual que «Biblias y premios para la Escuela Dominical». ¿Por qué? ¿No ves, hijo mío, que se trata de gastos? Si regalas Biblias o distribuyes carbón entre los pobres, estás dando algo por lo que no recibes nada a cambio. Es un gasto. Por otra parte, conceptos como el «cepillo», las «limosnas de los escolares», etcétera, son un ingreso. Estoy seguro de que el principio es claro.

—Creo que ya lo entiendo mejor —dijo el reverendo Edward.

—Está más claro que el agua, ¿verdad? —continuó su padre—. Y aquí lo mismo. «Fondos para enterrar a los indigentes», un gasto; tienes que ponerlo en esa columna. «Regalo de Navidad para los sacristanes», un gasto, por supuesto, no obtienes nada a cambio. «Aportaciones de las viudas», «multas impuestas en la Escuela Dominical», etcétera, eso son ingresos; ponlos en la columna adecuada. Verás, si seguimos este método en los negocios normales podemos saber exactamente cómo estamos: todo lo que damos sin obtener nada a cambio es un gasto; todo lo que los demás nos proporcionan sin que nosotros les demos nada por ello es un ingreso.

—Ah, sí —murmuró el párroco—. Ya empiezo a comprender.

—Muy bien. Pero, a fin de cuentas, Edward, no debo ponerme quisquilloso con tus cuentas solo por cuestiones formales. Es cierto que el resultado es espléndido. Veo que no solo hemos pagado los intereses de la hipoteca y las obligaciones, sino que gran parte de las empresas están produciendo unos rendimientos magníficos. Me he fijado, por ejemplo, en que la Hermandad Femenina de la iglesia no solo se financia a sí misma, sino que además puedes coger parte de sus fondos y transferirlos al Club del Libro Masculino. ¡Excelente! Y veo que has podido usar una buena parte del efectivo del Comedor de Beneficencia para las Meriendas Campestres del Párroco. Me parece perfecto. A ese respecto, tus cuentas son un modelo para el contable de cualquier iglesia.

El señor Furlong siguió examinando las cuentas.

—Excelente —murmuró—. Veo que en general hay un superávit de varios miles de dólares. Pero, un momento —se interrumpió—, ¿qué es esto? ¿Eres consciente de que estás perdiendo dinero en las Misiones Extranjeras?

—Me lo temía —contestó Edward.

—Es indiscutible. Mira tú mismo las cifras: salario de los misioneros, tanto; ropa y libros para los conversos, tanto; donativos y ofrendas de los conversos, tanto... ¡Estás perdiendo dinero con esto, Edward! —exclamó el señor Furlong, sacudiendo la cabeza con recelo ante las cuentas.

—Pensaba —protestó su hijo— que, dada la naturaleza de la propia labor...

—Desde luego —respondió su padre—, desde luego. Reconozco por completo la fuerza de ese argumento. Yo solo te pregunto: ¿merece la pena? Fíjate que ahora no te hablo como cristiano, sino como empresario. ¿Merece la pena?

—Yo pensaba que a lo mejor, puesto que tenemos un gran superávit en otros ámbitos...

—Exacto —dijo su padre—, un gran superávit. Precisamente por eso quería hablar contigo. En estos momentos, tienes un buen superávit anual y parece que, si Dios quiere (bueno, yo diría que quiera o no quiera), esto seguirá siendo así en los años futuros. Si te hablo con total franqueza, he de decir que, mientras nuestro amigo, el reverendo doctor McTeague, siga a cargo de la iglesia de San Osoph (y espero que tenga una larga vida), es bastante probable que tú sigas disfrutando de la prosperidad de la que goza actualmente tu iglesia. Muy bien. La pregunta que se plantea a continuación es: ¿qué uso hemos de darles a nuestros fondos acumulados?

—Ya —dijo el párroco, dudoso.

—Ahora te hablo —prosiguió su padre— no como secretario de tu iglesia, sino como presidente de la Corporación de Suministros de Himnarios, a la que represento. Pero, por favor, Edward, comprende que no deseo en modo alguno forzar o controlar tus decisiones. Solo quiero que veas ciertas..., ¿puedo decir ciertas oportunidades?, que se presentan para disponer de esos fondos. Puedes retomar el tema más adelante, de manera formal, junto con los miembros del consejo de administración de la iglesia. En realidad, ya me he escrito a mí mismo, en mi calidad de secretario, y he recibido lo que considero una respuesta bastante alentadora. Te explicaré mi propuesta.

El señor Furlong se levantó y, abriendo la puerta de la oficina, le dijo al viejo secretario:

—Everett, ¿tendría la amabilidad de traerme una Biblia?

El secretario se la dio.

El señor Furlong permaneció de pie, con la Biblia en la mano.

—Bueno, nosotros —continuó—, y me refiero a la Corporación de Suministros de Himnarios, tenemos en mente sacar una Biblia totalmente nueva.

En el rostro angelical del párroco apareció un gesto de consternación.

—¡Una nueva Biblia! —dijo con voz ahogada.

—¡Exacto! —respondió su padre—. ¡Una nueva Biblia! Esta, y nos la encontramos a diario en nuestro trabajo, está fatal.

—¡Que está fatal! —exclamó el párroco, espantado.

—Querido muchacho —lo calmó su padre—, por favor, por favor, no me malinterpretes. Ni por un momento pienses que he querido decir que está mal en un sentido religioso. Tal pensamiento jamás se me pasaría por la cabeza, espero. Lo que quiero decir es que esta Biblia está muy mal hecha.

—¿Muy mal hecha? —repitió su hijo, tan perplejo como antes.

—Veo que no me comprendes. Lo que quiero decir es esto, voy a intentar explicártelo. Para el mercado actual, esta Biblia —y agitó la mano, como si estuviese sopesándola— pesa demasiado. La gente de hoy día quiere algo más ligero, más fácil de llevar. Y si...

Pero lo que el señor Furlong iba a decir jamás lo oyó nadie.

Pues en ese preciso instante sucedió algo que no solo iba a afectar a la siguiente frase del señor Furlong, sino también a la suerte y el superávit de la propia iglesia de San Asaph. Justo en el momento en que estaba hablando el señor Furlong, un repartidor callejero de periódicos le dio al muchacho angelical la edición de mediodía que siempre se recibía en la oficina. Y, no bien hubo leído los titulares, el muchacho exclamó: «¡Qué horror!». Por ser angelical no podía expresarse con palabras más fuertes que esas. A continuación, le pasó el periódico a una de las mecanógrafas de cabellera dorada como los narcisos del reino de Saba, que al verlo exclamó: «¡Qué espanto!», y llamó de inmediato a la puerta del viejo secretario para darle el periódico. Cuando este lo vio y leyó el titular, exclamó: «¡Ah!», en ese tono suave que usa la gente muy anciana cuando recibe la noticia de alguna catástrofe o de una muerte repentina.

Después, el secretario abrió a su vez la puerta del despacho del señor Furlong y colocó el periódico en la mesa, señalando con el dedo la columna y sin pronunciar palabra.

El señor Furlong dejó a medias la frase.

—¡Por Dios! —exclamó en cuanto leyó la noticia—. ¡Qué catástrofe!

—¿Qué sucede? —inquirió el párroco.

—Es el doctor McTeague —respondió su padre—. Le ha dado una parálisis.

—¡Qué espanto! —dijo el párroco, horrorizado—. Pero ¿cuándo ha sido? ¡Si lo vi esta mañana!

—Ha ocurrido —dijo su padre, que iba leyendo la noticia del periódico mientras hablaba— esta mañana, en la universidad, mientras daba clase. ¡Dios mío, qué horror! He de ir a ver al rector de inmediato.

El señor Furlong ya estaba cogiendo su sombrero y su bastón cuando el anciano secretario llamó a la puerta.

—El doctor Boomer —anunció con la solemnidad que requería la ocasión.

El doctor Boomer entró, le dio la mano en silencio y se sentó.

—Supongo que se habrá enterado del triste incidente que hemos sufrido, ¿no es así? —le dijo. Decía «hemos» como cualquier rector de universidad que habla con su tesorero honorífico.

—¿Cómo sucedió? —preguntó el señor Furlong.

—Fue algo terrible —respondió el rector—. Por lo visto, el doctor McTeague acababa de entrar a la clase de las diez (eran sobre las diez y veinte) e iba a comenzar la lección cuando uno de los alumnos se puso en pie y le hizo una pregunta. Es esta una costumbre —prosiguió el doctor Boomer— que, como se imaginará, no fomentamos. Por lo que sé, el joven era nuevo en la clase de Filosofía. En cualquier caso, le preguntó al doctor McTeague, al parecer de sopetón, cómo podía conciliar su teoría del inmaterialismo trascendental con el esquema de un rígido determinismo moral. El doctor McTeague se quedó mirándolo con la boca tan abierta que daba pena, aseguran los otros alumnos. El estudiante repitió la pregunta y el pobre McTeague se desplomó sobre la mesa, paralizado.

—¿Está muerto? —preguntó con voz ahogada el señor Furlong.

—No —dijo el rector—. Pero esperamos su fallecimiento en cualquier momento. He de decir que ahora mismo el doctor Slyder está con él y hace lo que puede.

—En cualquier caso, supongo que, incluso aunque se recupere, no podrá continuar con su labor docente —dijo el joven párroco.

—Desde luego que no —contestó el rector—. No pretendo decir que una simple parálisis tenga que incapacitar a un profesor. El doctor Thrum, nuestro profesor de Teoría Musical, tiene, como ustedes saben, los oídos paralizados. Y el señor Slant, nuestro profesor de Óptica, tiene el ojo derecho paralizado. Pero este es un caso de parálisis del cerebro. Me temo que es incompatible con la labor docente.

—Entonces —dijo el señor Furlong padre—, supongo que tendremos que pensar en su sucesor.

Ambos llevaban pensándolo al menos tres minutos.

—Así es —respondió el rector—. Por el momento la triste noticia me ha dejado demasiado aturdido como para emprender ninguna acción. Me he limitado a telegrafiar a un par de importantes universidades para pedirles un *locum tenens* y he puesto un par de anuncios para hacer saber que la plaza está vacante. Pero será muy difícil sustituir a McTeague. Era un hombre —añadió el doctor Boomer, ensayando por adelantado (de forma inconsciente, desde luego) el discurso que pronunciaría en el funeral del doctor McTeague— con un entendimiento singular y una vasta cultura, capaz de infundir en sus enseñanzas un espíritu religioso que ningún otro les daba. Sus clases, de hecho, estaban llenas de preceptos morales y ejercía sobre sus alumnos una influencia solo comparable con la del púlpito.

Hizo una pausa.

—Ah, sí, el púlpito —dijo el señor Furlong—, ahí sí que se lo echará de menos.

—Esa es —prosiguió el doctor Boomer con reverencia— nuestra verdadera pérdida, profunda, irreparable. Supongo o, más bien, estoy convencido de que jamás veremos a un hombre igual en el púlpito de San Osoph. Ahora que me acuerdo —añadió con más energía—, tengo que decirles a los del periódico que anuncien que pasado mañana se volverá a celebrar el servicio como de costumbre y que, por supuesto, la muerte del doctor McTeague no tendrá ninguna repercusión en ese sentido. Es decir, que tengo que ir a ver a los del periódico de inmediato.

Aquella tarde, todos los redactores de los periódicos de la Ciudad estaban ocupados redactando la nota necrológica del doctor McTeague.

«La muerte del doctor McTeague —escribía el redactor del *Trasfondo Comercial y Financiero,* un periódico que prácticamente llevaba cinco años pidiendo la destitución del pastor— supone para nosotros una pérdida irreparable. Será difícil, no, imposible, sustituirlo. Ni como filósofo ni como religioso se lo puede reemplazar».

«No nos tiembla la voz al afirmar —escribía el redactor de *Tiempos de Plutoria,* un diario matutino de tres centavos, que aportaba un punto de vista de tres centavos sobre los hombres y las cosas— que la pérdida del doctor McTeague se sentirá tanto en Europa como en Norteamérica. La noticia de que la mano que escribió la *Explicación más sucinta de las hipótesis kantianas* ha cesado de sujetar la pluma caerá en Alemania como jarro de agua fría, mientras que en Francia...». El redactor dejó el artículo en ese punto. Al fin y al cabo, era un hábil escritor y llegó a la conclusión de que ya habría tiempo de sobra antes de que fuera a imprenta para decidir el efecto que produciría en el pueblo francés la noticia del fallecimiento del señor McTeague.

Así, durante dos días, se entonó el réquiem por el doctor McTeague, tanto por escrito como oralmente.

En general, se dijeron más cosas amables de él en esos tres días en los que todos lo daban por muerto que en los últimos treinta años de su vida; una verdadera lástima.

Y, después de todo esto, hacia el final del tercer día, el doctor McTeague abrió los ojos débilmente.

Pero cuando los abrió el mundo había seguido su curso y lo había dejado atrás.

SIETE

EL MINISTERIO DEL REVERENDO UTTERMUST DUMFARTHING

—ENTONCES, CABALLEROS, CREO QUE TODOS ESTAMOS DE acuerdo en quién será nuestro hombre, ¿no es así?

Mientras hablaba, el señor Dick Overend paseaba la mirada por la mesa a la que se sentaban los miembros del consejo de administración de la iglesia de San Osoph. Se habían congregado en el Club Mausoleo, en un cuarto de reuniones del segundo piso. Su lugar oficial de reuniones era una sala de juntas situada en la sacristía de la iglesia. Sin embargo, hacía cosa de cuatro años se habían dado cuenta de que en ella había muchas corrientes, por lo que habían decidido trasladarse al Club Mausoleo. Allí no había corrientes.

El señor Dick Overend presidía la mesa, con su hermano George sentado junto a él y el doctor Boomer en el otro extremo. A su lado estaban el señor Boulder, el señor Skinyer (de Skinyer y Beatem) y el resto de los miembros del consejo.

—¿Están ustedes de acuerdo, pues, en que sea el reverendo Uttermust Dumfarthing?

—Por completo —murmuraron algunos miembros del consejo al unísono.

—Se trata de un hombre notable —opinó el doctor Boomer—. Lo he oído predicar en la iglesia donde sirve actualmente. Puso en palabras pensamientos que yo mismo he tenido desde hace años. Jamás había escuchado nada tan sólido ni tan erudito.

—Yo lo oí la noche que predicó en Nueva York —intervino el señor Boulder—. Dio un sermón para los pobres. Les dijo que no valían para nada. Jamás había oído tan maravillosa invectiva fuera de un púlpito escocés.

—¿Es escocés? —preguntó uno de los presentes.

—De origen escocés —replicó el rector de la universidad—. Tengo entendido que es uno de los Dumfarthing de Dunferline, en Dumfries.

Todo el mundo dijo: «¡Oh!», y hubo un silencio.

—¿Está casado? —inquirió uno de los miembros del consejo.

—Por lo que sé —contestó el doctor Boomer— es viudo y tiene una hija, una niñita.

—¿Pone alguna condición?

—Ninguna en particular —respondió el presidente, al tiempo que consultaba una carta que tenía delante—, salvo que tendrá el control absoluto, y otra sobre el salario. Una vez que se establezcan estos dos puntos, asegura que se pone por completo en nuestras manos.

—¿Y el salario? —preguntó alguien.

—Diez mil dólares —dijo el presidente—, a pagar trimestralmente y por adelantado.

Un rumor de aprobación recorrió la mesa. «Bien. Excelente —murmuraban los miembros del consejo—. Justo lo que queremos».

—Estoy seguro, caballeros —dijo el señor Dick Overend, dando voz a los sentimientos de todos—, de que no queremos a un pastor barato. Algunos de los candidatos que hemos considerado han sido en muchos aspectos (en cuanto a sus aptitudes religiosas, digamos) de lo más deseables. Varios miembros del consejo se inclinaban, por ejemplo, por el doctor McSkwirt. Pero él es barato. Y yo creo que no nos interesa.

—¿Cuánto cobra el señor Dumfarthing en la iglesia donde está ahora? —preguntó el señor Boulder.

—Nueve mil novecientos —respondió el presidente.

—¿Y el doctor McSkwirt?

—Mil cuatrocientos.

—¡Pues asunto arreglado! —exclamaron todos, como si eso aclarase sus dudas.

Y con esto el asunto quedó zanjado.

En realidad, no podría haber sido más sencillo.

—Supongo —dijo el señor George Overend cuando ya estaban a punto de ponerse en pie— que tenemos motivos para estar seguros de que el doctor McTeague no podrá volver al trabajo, ¿no es así?

—¡Oh, podemos estar completamente seguros! —dijo el doctor Boomer—. ¡Pobre McTeague! Slyder me ha contado que esta mañana hacía esfuerzos desesperados por sentarse en la cama. A la enfermera le costó horrores impedírselo.

—¿Ha perdido la facultad del habla? —preguntó el señor Boulder.

—Prácticamente. En cualquier caso, el doctor Slyder insiste en que no la use. De hecho, el pobre señor McTeague tiene la cabeza hecha una pena. Esta mañana, su enfermera me decía que estiraba la mano hacia el periódico, como si quisiera leer uno de los editoriales. Era bastante lamentable —concluyó el doctor Boomer, meneando la cabeza.

Así pues, el asunto quedó zanjado y al día siguiente toda la Ciudad sabía ya que la iglesia de San Osoph le había ofrecido el puesto de pastor al reverendo Uttermust Dumfarthing y que este había aceptado.

Al cabo de pocas semanas, el reverendo Uttermust Dumfarthing se trasladó a la vivienda adyacente a la iglesia de San Osoph y comenzó a ejercer sus funciones. Al punto se convirtió en el único tema de conversación de la avenida Plutoria. «¿Ha visto al nuevo pastor de San Osoph?», preguntaba todo el mundo. «¿Ha ido a escuchar al doctor Dumfarthing?». «¿Estuvo en San Osoph el domingo por la mañana? ¡Ah, pues debería ir! Fue el sermón más asombroso que he oído en mi vida».

Tenía un efecto absoluto e instantáneo, de eso no cabía la menor duda.

—Querida —le dijo la señora Buncomhearst a una de sus amigas, al relatar cómo se habían conocido—, jamás había visto a un hombre tan admirable. ¡Qué expresión de poder! Me lo presentó el señor Boulder en la avenida y casi daba la impresión de que no me veía, de tanto que fruncía el ceño. Nunca ningún hombre había provocado en mí una impresión tan favorable.

El primer domingo predicó para su congregación sobre el castigo eterno, inclinándose hacia delante con su sotana y agitando el puño en dirección a ellos. El doctor McTeague no había agitado el puño en treinta años. En cuanto al reverendo Fareforth Furlong, era incapaz.

Sin embargo, el reverendo Uttermust Dumfarthing le dijo a su congregación que estaba convencido de que al menos el setenta por ciento de ella estaba condenada al castigo eterno; pero no le dio ese nombre, sino que lo llamó simple y llanamente «infierno». Hacía una generación que esa palabra no se oía en ninguna iglesia de las zonas nobles de la Ciudad. Al domingo siguiente, la congregación había crecido tanto que el pastor elevó el porcentaje a ochenta y cinco, y todos se fueron encantados. Jóvenes y viejos iban en masa a la iglesia de San Osoph. Antes de que transcurriera un mes, los asistentes al servicio vespertino en San Asaph eran tan pocos que en el cepillo, según calculó el señor Furlong padre, apenas había suficiente para pagar los gastos indirectos de la colecta.

La presencia de numerosos jóvenes que se apiñaban en los primeros bancos de la iglesia era el único aspecto de la congregación que parecía merecer la aprobación del reverendo Dumfarthing.

—Es para mí una alegría —comentó a varios miembros del consejo— que haya en la Ciudad tantos jóvenes piadosos, independientemente de cómo sean los mayores.

No obstante, bien puede ser que acudiesen a la iglesia por otro motivo, ya que entre los jóvenes de la avenida Plutoria la pregunta habitual no era: «¿Has oído los sermones del nuevo pastor presbiteriano?», sino: «¿Has visto a su hija? ¿Que no? ¡Caramba!».

Pues resultó que la «niñita» del doctor Uttermust Dumfarthing, como habían dicho los miembros del consejo, era el tipo de criatura que lleva un sombrerito de media copa recién traído de París, adornado con una pluma enhiesta, un traje de seda de cuatro piezas y unos zapatos de tacón que le habrían roto el corazón a Calvino. Además, tenía el añadido de ser la única persona de toda la avenida Plutoria que no le tenía ni pizca de miedo al reverendo Uttermust Dumfarthing. Incluso le gustaba quebrantar todas las normas y asistir al servicio vespertino en la iglesia de San Asaph, donde se sentaba a escuchar al reverendo Edward y pensaba que no había oído nada tan sensato en toda su vida.

—La verdad es que me muero por conocer a su hermano —le decía a la señora de Tom Overend, es decir, a Philippa—. ¡Qué contraste tan grande con papá! —Para ella no había mayor alabanza que esa—. Los sermones de papá siempre están tan cargados de religión y son tan espantosos...

Y Philippa le prometió que se lo presentaría.

Pero, al margen del efecto que pudiera haber tenido la presencia de Catherine Dumfarthing, no cabe duda de que en gran medida el cambio de situación se debía al propio doctor Dumfarthing.

Todo lo que hacía estaba pensado para agradar. Cuando predicaba para los ricos, les decía que eran insignificantes, y eso les gustaba; cuando dedicaba un sermón especial a los pobres, les advertía que debían ser extremadamente cuidadosos; dio una serie de charlas semanales a mujeres trabajadoras y las dejó de una pieza; y en la Escuela Dominical hablaba a los niños con tal fiereza de la caridad y la necesidad de dar sin esperar nada a cambio que al cesto de fondos de la Escuela Dominical que sujetaba Catherine Dumfarthing fue a parar una cantidad de monedas de uno y cinco centavos como no se había visto en la iglesia en cincuenta años.

El señor Dumfarthing tampoco se comportaba de otro modo en sus conversaciones privadas. Se sabía que decía abiertamente de los Overend que eran «hombres iracundos», cosa que gustó tanto a los hermanos que se lo repitieron a media ciudad. Hacía años que no tenían una publicidad tan buena para sus negocios.

Al doctor Boomer lo tenía cautivado. «Auténtica erudición», murmuraba cuando desde el púlpito el doctor Dumfarthing derramaba griego y hebreo en estado puro, desdeñando traducir siquiera una palabra. El rector paseó por todo lo ancho y largo de la universidad al pastor, que la vilipendió desde los cimientos hasta las azoteas de las facultades.

—Nuestra biblioteca —dijo el rector—. ¡Doscientos mil volúmenes!

—Sí —replicó el pastor—, ¡un enorme montón de inmundicia, estoy seguro!

—La fotografía de nuestra última promoción.

—A juzgar por sus caras, un grupo de inútiles —sentenció el pastor.

—Este, doctor Dumfarthing, es nuestro nuevo laboratorio radiográfico. El señor Spiff, nuestro profesor auxiliar, está preparando unas placas que, por lo que sé, muestran nada menos que los movimientos del átomo, ¿no es así, señor Spiff?

—Ah —dijo el pastor, penetrando al señor Spiff con la mirada y frunciendo las cejas oscuras—, de nada le valdrá, joven.

El doctor Boomer estaba encantado.

—El pobre McTeague... —decía—. Y, por cierto, Boyster, he oído que está intentando volver a caminar. Un gran error, ¡no deberían permitírselo! El pobre McTeague no sabía nada de ciencia.

También los estudiantes participaban en el entusiasmo generalizado, sobre todo después de que una tarde de domingo el doctor Dumfarthing les diera una charla en la que les demostró que sus estudios eran por completo inútiles. En cuanto supieron esto, se pusieron a trabajar con una energía que infundió nueva vida a la universidad.

Entretanto, el bello rostro del reverendo Edward Fareforth Furlong comenzó a mostrar una expresión de tristeza y hastío que jamás se había visto en él. Veía impotente cómo los fieles iban poco a poco dejando San Asaph para unirse a San Osoph y era incapaz de impedirlo. Su tristeza alcanzó su punto álgido una hermosa mañana de finales de verano, cuando se dio cuenta de que incluso sus episcopalianos mirlos abandonaban los olmos de su iglesia y volaban hacia el oeste, para posarse en las ramas de las píceas de San Osoph.

Se quedó mirándolos con expresión de melancolía.

—¡Pero, Edward —exclamó su hermana al tiempo que su automóvil se detenía junto a él—, qué cara tan larga tienes! Súbete al coche y vente conmigo a dar una vuelta por el campo. Que por un día se apañen solos en las meriendas de la parroquia.

Conducía el automóvil el esposo de Philippa, Tom (tan rico que podía permitirse hacer semejante cosa), y junto a la hermana del párroco iba sentada una desconocida, vestida con tanta gracia como la propia Philippa. Se la presentaron al párroco como la señorita Catherine no sé qué. No oyó el resto del nombre, ni falta que hacía. Saltaba a la vista que su apellido, fuese cual fuese, era solo algo temporal y transitorio.

Así pues, salieron a toda marcha de la Ciudad y se dirigieron hacia el campo, milla tras milla, respirando un aire fresco y vigorizante, y atravesaron bosques en los que ya comenzaba a notarse la mano del otoño, bajo un cielo azul salpicado de blancas nubes, enormes e inmóviles. La mañana era tan hermosa y tan brillante que durante el camino... ¡no hablaron nada de religión! Tampoco hicieron mención alguna de las Ligas de Madres de la Parroquia ni de las Hermandades Femeninas ni trataron el tema de los pobres. El día era demasiado hermoso para eso. En cambio, hablaron de los nuevos bailes, de si durarían o eran modas pasajeras, y de otros temas tan acertados como estos. Luego, mientras seguían alejándose de la Ciudad, Philippa se inclinó hacia delante, le dijo a Tom al oído que iban por la misma carretera que llevaba a Castel Casteggio y le preguntó si se acordaba de cuando fue a recogerla a casa de los Newberry, hacía muchísimo tiempo. No se sabe qué contestó Tom a estas palabras, pero lo que está claro es que fue tan largo que entretanto el reverendo Edward pudo mantener un *tête-à-tête* con Catherine que duró quince millas exactas, aunque a él le pareció que no habían transcurrido más de cinco minutos. Durante ese tiempo dijo muchas cosas en las que ella le dio la razón —y ella dijo muchas otras con las que él estuvo de acuerdo—, como por ejemplo que en los bailes nuevos era preciso tener siempre la misma pareja y no separarse de ella. Y el caso es que, no se sabe por qué, este tipo de sentimientos sencillos, cuando se le comunican a un par de atentos ojos azules que observan tras un velo de viaje violeta, adquieren una enorme significación.

Un poco después, al cabo de, digamos, unos tres o cuatro minutos, de pronto volvían a estar en la Ciudad y circulaban por la avenida Plutoria. Para sorpresa del párroco, el automóvil se detuvo junto a la vivienda adyacente a la iglesia de San Osoph y Catherine dijo: «Muchísimas gracias, Philippa, ¡lo he pasado divinamente!», lo cual demostraba que a fin de cuentas la tarde sí que había tenido cierto aspecto religioso.

—¿Cómo? ¿Que no lo sabías? ¡Pero si es Catherine Dumfarthing!

Cuando el reverendo Fareforth Furlong llegó a casa, pasó alrededor de una hora absorto en la más profunda meditación, instalado en un sillón de su despacho. Pero no era ningún problema de la parroquia lo que trataba de resolver. Intentaba dilucidar por qué medios podría inducir a su hermana Juliana a cometer el pecado de ir a hacerle una visita a la hija de un pastor presbiteriano.

De un modo u otro, tenía que presentar el asunto como una especie de acto de negación de uno mismo, una forma de mortificación de la carne. Si no, sabía que Juliana jamás haría semejante cosa. Pero ir a visitar a la señorita Catherine Dumfarthing le parecía un acontecimiento tan encantador y feliz que no sabía cómo plantear el asunto. Así pues, cuando Juliana llegó a casa, al párroco no se le ocurrió mejor forma de sacar el tema que relacionarlo con el matrimonio entre Philippa y el sobrino de los presidentes del consejo de la iglesia del padre de la señorita Dumfarthing.

—Juliana —le dijo—, ¿no te parece que tal vez, pensando en Philippa y Tom, deberías, o al menos sería un detalle por tu parte, hacerle una visita a la señorita Dumfarthing?

Juliana se volvió hacia su hermano mientras se desprendía de su gorro y sus guantes negros.

—Precisamente he ido a verla esta tarde —contestó.

Había en su rostro algo que su hermano jamás había visto en él y que se parecía en todo punto a un cierto rubor.

—¡Pero si ella no estaba! —exclamó.

—No —respondió Juliana—, pero sí el señor Dumfarthing. Estuve un rato hablando con él mientras la esperaba.

El párroco emitió una especie de silbido o, más bien, expulsó el aire del modo que en la Iglesia episcopaliana se interpreta como un silbido.

—¿No te ha parecido un poco serio? —le preguntó.

—¡Serio! —replicó su hermana—. Sin duda, Edward, un hombre con su vocación ha de ser por fuerza serio.

—No me refiero a eso exactamente —repuso el párroco—. Quiero decir que, esto..., es un poco duro, algo amargado, por así decir.

—¡Edward! —exclamó Juliana—. Pero ¿cómo puedes hablar así? ¡Duro el señor Dumfarthing! ¡Amargado el señor Dumfarthing! Pero, Edward, si ese hombre es la amabilidad y la dulzura personalizadas. Creo que en mi vida había conocido a una persona tan compasiva, tan sensible al sufrimiento.

Juliana se había ruborizado de nuevo. Estaba claro que veía algo en el reverendo Uttermust Dumfarthing —como toda mujer ve siempre en algún hombre— que nadie más apreciaba en él.

El reverendo Edward se sentía avergonzado.

—No me refería a su carácter —explicó—, sino más bien a su doctrina. Ya verás cuando oigas uno de sus sermones.

Juliana se puso todavía más colorada.

—Oí el que dio el domingo pasado en el servicio vespertino.

El párroco guardó silencio y su hermana, como si se sintiese obligada a hablar, prosiguió:

—Y no entiendo, Edward, cómo podría alguien considerar su credo propio de un hombre duro o intolerante. Precisamente ahora me ha acompañado hasta la puerta y venía hablando de todo el pecado que hay en el mundo. Me decía que hay poquísima gente digna de salvarse y que muchos arderán por su poca valía. ¡Qué bien hablaba! Lo lamenta mucho, Edward, lo lamenta muchísimo. Le produce una pena inmensa.

Dicho esto, Juliana se retiró medio enfurecida y su hermano, el párroco, volvió a sentarse mientras una sonrisa se dibujaba en su rostro angelical. Pues había estado pensando si sería posible, por remota que fuera la posibilidad, que su hermana invitase algún día a los Dumfarthing a una merienda tardía, sobre las seis de la tarde (habría sido absolutamente inconcebible pensar en una cena propiamente dicha), y acababa de darse cuenta de que podía considerarlo un hecho.

Mientras sucedían o estaban a punto de suceder tales cosas, en el seno de la congregación de San Asaph iba creciendo la preocupación por los problemas de la iglesia. De hecho, la angustia había hecho presa en todas las personas que se interesaban por ella: los miembros del consejo de administración, los acreedores hipotecarios y los obligacionistas. Para algunos el problema era la Escuela Dominical, cuyos donativos habían disminuido en un cuarenta por ciento; para otros, el órgano, que aún no se había terminado de pagar; mientras que para otros el problema era más profundo todavía, puesto que yacía en el propio solar en el que se había edificado la iglesia, y sobre ellos pesaba la carga de siete dólares y medio por pie.

—No me gusta —le dijo Lucullus Fyshe al señor Newberry (ambos eran destacados miembros de la congregación)—. El cariz que están tomando las cosas no me gusta nada de nada. Adquirí un bloque de obligaciones sobre la Casa de la Juventud en un momento en el que se podía considerar una idea excelente. El interés parecía estar por completo garantizado. Sin embargo, los pagos del último trimestre llevan ya un mes de retraso. Estoy alarmado.

—Tampoco a mí me hace gracia —contestó el señor Newberry, sacudiendo la cabeza—, y lo siento por Fareforth Furlong. Es un tipo excelente, Fyshe, excelente. Domingo tras domingo no hago más que preguntarme si habrá algo que pueda hacer yo para ayudarlo. Quizá se pudiera hacer algo, en el sentido de construir algún edificio nuevo o reformar los existentes. De hecho, me he ofrecido a dinamitar la fachada de la iglesia, apuntalarla y colocarle un pórtico normando (algo que haría yo mismo, por supuesto, sin ayuda de nadie). O eso o volar la parte de atrás, justo donde está el coro, lo que prefiera. Precisamente el domingo pasado lo pensaba mientras todos cantaban un himno y me di cuenta de lo que se podría hacer allí con solo unos cuantos cartuchos de dinamita.

—Dudo mucho que sirviera de algo —replicó el señor Fyshe—. De hecho, Newberry, si he de hablarle con franqueza, empiezo a preguntarme si el señor Furlong es el hombre indicado para el puesto.

—¡Desde luego que sí! —protestó el señor Newberry.

—En el trato personal, es un tipo encantador —prosiguió el señor Fyshe—, pero, visto lo visto, ¿le parece el hombre apropiado para estar al frente de una iglesia? En primer lugar, no es empresario.

—No —admitió a regañadientes el señor Newberry—, en eso tengo que darle la razón.

—Bien. Y, en segundo lugar, incluso en lo que se refiere a la doctrina religiosa, a veces da la impresión de estar poco fijada, de ser algo inestable. El párroco va por donde sople el viento. Al menos, eso es lo que la gente comienza a decir de él, que va por donde sopla el viento. Así no funcionan las cosas, Newberry, así no funcionan las cosas.

Tras esta conversación, el señor Newberry se fue todo preocupado y le escribió una carta confidencial a Fareforth Furlong, en la que incluyó un cheque por el importe de los intereses que se le debían al señor Fyshe y volvió a ofrecerse a dinamitar, apuntalar y volar todo lo que le sugiriera su conciencia.

Cuando el párroco recibió la carta, leyó la nota y vio el importe del cheque, surgió en su alma un sentimiento de gratitud que hacía meses que no experimentaba y hasta es posible que rezase en un susurro una oración de las que figuran en la Biblia del rey Jacobo por el reposo del alma del señor Newberry.

Pero no fue ese el único motivo de alivio que tuvo en el día, pues casualmente esa misma tarde los Dumfarthing, padre e hija, iban a merendar en su casa. En efecto, unos minutos antes de que dieran las seis, salieron

de San Osoph en dirección a la casa del párroco episcopaliano.

Cuando iban de camino por la avenida, el pastor tuvo
ocasión de reprender a su hija por lucir un sombrero tan
mundano (era una chuchería traída de Nueva York y
comprada con dinero que había tomado prestado de los
donativos de la Escuela Dominical); más adelante le habló con severidad del parasol que llevaba y un poco más
allá reprobó el peinado que había escogido, condenado
de forma expresa en el Antiguo Testamento. De todo esto
Catherine dedujo que debía de estar especialmente guapa y entró en la casa del párroco radiante.

Como era de esperar, en el mejor de los casos se podría
decir que en la merienda hubo momentos un tanto incó-
modos. Las primeras dificultades surgieron a la hora de
bendecir la mesa y no resultaron fáciles de superar. Luego, cuando el reverendo Dumfarthing se negó en redondo a tomar té, pues lo consideraba una bebida pernicio-
sa, que debilitaba el organismo, el párroco anglicano, que
lo ignoraba todo de los organismos presbiterianos, no se
percató de que lo que debería haber hecho era ofrecerle
whisky escocés.

Pero también hubo momentos agradables en la merienda. El párroco episcopaliano tuvo incluso la oportunidad de preguntarle a Catherine, en un aparte, como
una cuestión personal, si jugaba al tenis, a lo que ella susurró, tapándose la boca con la mano: «No me dejan», al
tiempo que señalaba con la cabeza a su padre, que en
ese momento estaba absorto en tratar un asunto teológico con Juliana. De hecho, antes de que la conversación volviera a hacerse general, el párroco había logrado quedar
con Catherine en que al día siguiente irían a la cancha de

los Newberry para que aprendiese a jugar, con o sin permiso.

Así pues, en cierto modo la merienda fue un éxito. Hay que señalar que Juliana pasó los días siguientes leyendo la *Institución* de Calvino (que el pastor le había prestado) y *Dumfarthing sobre la certeza de la condenación* (un regalo), y rezando por su hermano, aunque sin ninguna esperanza. Entretanto, el párroco, vestido de franela blanca, y Catherine, también de blanco, con pantalones de dril y una blusa, revoloteaban por el césped de la cancha de los Newberry, haciendo una alabanza del amor con tal alegría y descaro que hasta el señor Newberry se olió algo.

Pero todas estas cosas eran meros interludios en el transcurso de acontecimientos más importantes, pues mientras el verano se apagaba y daba paso al otoño, y este a su vez cedía su lugar al invierno, la inquietud siguió creciendo entre los miembros del consejo de San Asaph, hasta que llegó un momento en que la necesidad de actuar se hizo patente.

—Edward —dijo el padre del párroco en su siguiente reunión trimestral—, no puedo ocultarte que la situación es muy grave. Tus cuentas muestran una caída en todos los aspectos. Vas con retraso en el pago de intereses y estás en números rojos. Si esto sigue así, hazte a la idea de que el fin es inevitable. Tus acreedores optarán por la ejecución de la hipoteca y, si lo hacen, ya sabes que no hay poder capaz de detenerlos. Incluso con tus limitados conocimientos de las finanzas, te darás cuenta de que no hay fuerza suprema que pueda influir o controlar al tenedor de una primera hipoteca.

—Eso me temo —contestó el reverendo Edward con gran tristeza.

—¿No te parece que tal vez parte del problema sea responsabilidad tuya? —continuó el señor Furlong—. ¿No es posible que no des la talla como predicador, que por así decir no des importancia suficiente a cosas que otros sí tratan a fondo? Dejas a un lado las cuestiones en verdad vitales, como la creación, la muerte y, si me permites decirlo, la vida después de la muerte.

El reverendo Edward se aplicó el cuento y poco después dio una serie de sermones especiales sobre la creación, para los que se preparó exhaustivamente en la biblioteca de la Universidad de Plutoria. Dijo que habían hecho falta millones de años, puede que cientos de millones, de arduo trabajo para ponerla a punto y que, aunque al contemplarla todo era oscuridad, no podíamos extraviarnos si aceptábamos las enseñanzas del geólogo Sir Charles Lyell y nos aferrábamos a ellas. Sobre el Libro del Génesis, explicó que cuando hablaba de «un día» no había que tomarlo al pie de la letra, puesto que se refería a algún período de tiempo distinto de un día. La palabra «luz», por otra parte, no significaba exactamente 'luz', sino tal vez algún tipo de fosforescencia, mientras que el término «oscuridad» no implicaba necesariamente eso, sino sencillamente 'tinieblas'. Cuando terminó, la congregación declaró que el sermón entero había sido de lo más insípido. Dijeron que insultaba su inteligencia. Después, una semana más tarde, el reverendo Dumfarthing retomó el mismo tema y, con ayuda de siete sencillos textos, hizo pedazos los argumentos del párroco episcopaliano.

Una consecuencia de esta controversia digna de mención fue que en adelante Juliana Furlong se negó a seguir asistiendo a los servicios de su hermano y siempre se sentaba, incluso por la mañana, frente al pastor de San Osoph.

—Ese sermón ha sido, me temo, un error —le dijo el señor Furlong padre—. Tal vez sea mejor que no profundices demasiado en esos temas. Debemos buscar ayuda en otra dirección. La verdad, Edward, he de decirte confidencialmente que algunos de los miembros del consejo ya están ideando posibles soluciones para nuestro problema.

En realidad, aunque el reverendo Edward no lo sabía, cierta idea, o plan, estaba ya germinando en las mentes de los feligreses más influyentes de San Asaph.

Esta era la situación de las iglesias rivales de San Asaph y San Osoph mientras el otoño iba poco a poco dando paso al invierno. Durante ese tiempo, los olmos de la avenida Plutoria se desprendieron tiritando de sus hojas y los chóferes de los automóviles sufrieron una transformación: primero se les puso la cara morada y luego, cuando cayeron las primeras nevadas importantes, se metamorfosearon de pronto en cocheros de librea con sombreros de piel de oso y bigote, semejantes a guardias rusos, aunque en cuanto llegó el deshielo volvieron a convertirse en chóferes de nariz amoratada. Entretanto la congregación del reverendo Fareforth Furlong seguía disminuyendo mes tras mes, mientras que la del reverendo Uttermust Dumfarthing era tan numerosa que los feligreses atestaban las naves del fondo de la iglesia. Allí, los parroquianos tenían que permanecer de pie y se congelaban, pues el pastor había dejado de poner la calefacción alegando que no hallaba justificación alguna para hacerlo.

En ese mismo periodo de tiempo tuvieron lugar otros acontecimientos de importancia capital, como por ejemplo que Juliana leyó, orientada de cerca por el doctor Dumfarthing, *Historia de la expansión y declive de las iglesias escocesas,* en diez volúmenes, o que Catherine Dumfarthing llevaba un conjunto invernal dorado y verde, con pieles rusas, un sombrero de los Balcanes y una pluma circasiana, que hacía estragos entre los jóvenes de la avenida Plutoria todas las tardes, cada vez que ella pasaba por allí. Por entonces, gracias al más extraño de los azares, parecía que no podía pasar por la avenida cubierta de nieve sin encontrarse con el reverendo Edward, hecho que día tras día arrancaba a ambos nuevas exclamaciones de sorpresa. Además, por una casualidad igualmente extraña, aunque cada uno iba en una dirección distinta, por lo general siempre resultaba que los dos se dirigían al mismo sitio, de modo que al rato emprendían el camino juntos, a pasos muy lentos y tan ajenos al resto de los transeúntes que incluso los niños de la avenida sabían adónde iban.

También hay que mencionar que la figura descompuesta del doctor McTeague volvió a hacer su aparición en la calle, apoyándose pesadamente en un bastón y saludando a toda la gente que se encontraba con una afabilidad tan mansa y servicial, como si se disculpase por su ataque de parálisis, que todos aquellos que hablaron con él estuvieron de acuerdo en que había perdido la cabeza.

—Se paró y estuvo hablándome de los niños durante al menos un cuarto de hora —contó una de sus antiguas feligresas—. Me preguntó por ellos por sus nombres, quiso saber si ya iban al colegio y un montón de cosas por el estilo. Antes nunca hablaba de esos temas. ¡Pobre viejo McTeague! Me temo que le falla la cabeza.

—Ya lo sé —respondió su interlocutor—. Anda mal de la chaveta. El otro día me paró para decirme lo mucho que sentía la enfermedad de mi hermano. Por su forma de hablar me di cuenta de que no está en su sano juicio. Ha perdido el norte. Me habló de lo bien que se ha portado la gente con él después de su enfermedad y se le llenaron los ojos de lágrimas. Para mí que está perdiendo la chaveta.

Pero tampoco estos fueron los sucesos más relevantes de esa época. Pues cuando el invierno comenzaba a dejar paso a la incipiente primavera, se supo que estaba en marcha un acontecimiento de gran alcance. Se rumoreaba que los miembros del consejo de San Asaph estaban aunando sus esfuerzos para superar la crisis. Se trataba de una noticia de gran alcance. La última vez que Lucullus Fyshe había aunado esfuerzos con el señor Newberry, por ejemplo, el resultado había sido la fusión de cuatro empresas de elaboración de gaseosas, llevando así lo que se conoce como «paz industrial» a un territorio tan grande como Texas y subiendo el precio de la gaseosa en tres pacíficos centavos por botella. Y la última vez que el señor Furlong padre había aunado esfuerzos con los señores Rasselyer-Brown y Skinyer, prácticamente habían salvado al país de los horrores de una escasez de combustible gracias a un sencillo procedimiento consistente en aumentar el precio del carbón menudo setenta y cinco centavos por tonelada, garantizando así su abundancia.

Por lo tanto, cuando se supo que aunaban sus esfuerzos personas tan temibles como los miembros del consejo de administración y los acreedores hipotecarios de San Asaph, todo el mundo pensó que a continuación sucedería algo importante. Nunca se supo a ciencia cierta de cuál de esos esfuerzos nació la gran idea que iba a solucionar los problemas de la iglesia. Bien puede ser que partiera del señor Lucullus Fyshe. Sin duda un tipo que había dedicado sus esfuerzos a llevar la paz a la guerra civil declarada en el sector de las ferreterías, fusionando diez tiendas rivales y salvándoles la vida a quinientos empleados solo con reducirles el sueldo un catorce por ciento, era capaz de eso y de mucho más.

En cualquier caso, fue el señor Fyshe quien manifestó la idea por primera vez.

—Es la única posibilidad, Furlong —dijo, sentado a una mesa del Club Mausoleo—. Es la única solución. Las dos iglesias no pueden sobrevivir compitiendo como ahora. Prácticamente, nos hallamos frente a la misma situación que cuando hay dos destilerías de ron: la producción supera a la demanda. Uno de los dos negocios se va a pique, o los dos. Ahora les va bien a ellos, pero son empresarios y saben que mañana puede irnos mejor a nosotros. Les ofreceremos una solución empresarial. Les propondremos una fusión.

—Yo también lo había pensado —dijo el señor Furlong padre—. ¿Será factible?

—¿Factible? —repitió el señor Fyshe—. ¡Fíjese en lo que se hace a diario en todas partes, desde la Standard Oil Company hasta la empresa más pequeña!

—Imagino —dijo el señor Furlong con una sonrisa tranquila— que no estará comparando la Standard Oil Company con una iglesia, ¿no?

—Pues... No, supongo que no —respondió el señor Fyshe, sonriendo a su vez. La idea era ridícula. En realidad, estuvo a punto de echarse a reír. No se podía comparar una simple iglesia con algo de la magnitud e importancia de la Standard Oil—. Pero, a menor escala —continuó el señor Fyshe—, es lo mismo. En cuanto a las complicaciones del proyecto, no necesito recordarles las dificultades aún mayores a las que tuvimos que hacer frente en la fusión de las destilerías. En aquella ocasión, se acordarán ustedes, una serie de mujeres se resistió por cuestión de principios. Para ellas no era una simple operación financiera. En el caso de las iglesias, es diferente. En realidad, esta idea está muy extendida hoy en día y todo el mundo reconoce que tendríamos que aplicar los principios empresariales corrientes de la combinación armónica con una..., esto..., una restricción apropiada de la producción y de la economía general de la operación.

—Muy bien —dijo el señor Furlong—. Estoy seguro de que, si usted está dispuesto a intentarlo, los demás también.

—De acuerdo —dijo el señor Fyshe—. He pensado que Skinyer, de la firma Skinyer y Beatem, puede ponerse a trabajar en la forma que debe adoptar la organización. Como saben ustedes, no solo es un hombre profundamente religioso, sino que además se ocupó de las reorganizaciones de Cacharros de Lata Combinados, Ferreterías Unidas y Curtidurías Asociadas. Creo que esto le parecerá bastante sencillo.

Al cabo de uno o dos días el señor Skinyer ya se había puesto manos a la obra.

—Primero —dijo— debo hacerme una idea exacta de la actual organización legal de las dos iglesias.

Con este propósito fue a ver al párroco de San Asaph.

—Solo quería, señor Furlong —explicó el abogado—, hacerle un par de preguntas sobre los estatutos de la iglesia, su forma de organización, por así decir. ¿Es una sola corporación?

—Supongo —respondió el párroco, pensativo—. Podríamos definirla como una unidad espiritual indivisible que se manifiesta en la tierra.

—Desde luego —lo interrumpió el señor Skinyer—, pero no le pregunto qué es en sentido religioso; yo me refiero al sentido real.

—No lo entiendo —dijo el señor Furlong.

—Deje que se lo explique —siguió el abogado—. ¿De dónde emana su autoridad?

—De arriba —contestó el párroco en tono reverente.

—Desde luego —dijo el señor Skinyer—, no me cabe duda, pero yo me refiero a su autoridad en el sentido exacto del término.

—Le fue impuesta a san Pedro... —comenzó el párroco, pero el señor Skinyer lo interrumpió.

—Eso ya lo sé —le dijo—, pero lo que yo quiero averiguar es de dónde sale la potestad de su iglesia para, por ejemplo, tener propiedades, cobrar deudas, embargar propiedades ajenas, ejecutar sus hipotecas e incoar procedimientos administrativos contra sus deudores. Seguro que me dice usted que esa potestad se la concede directamente el cielo. No me cabe duda de que es cierto y ninguna persona religiosa lo negaría. Pero los abogados estamos forzados a tener un punto de vista más estrecho, más terrenal. ¿Esa potestad se la concedió a usted la Asamblea Legislativa del estado o una autoridad más alta?

—Oh, espero que una autoridad más alta —respondió el párroco con fervor.

Con lo cual, el señor Skinyer se marchó sin hacerle más preguntas, pues saltaba a la vista que el cerebro del párroco no estaba hecho para comprender la ley de sociedades.

En cambio, el reverendo Dumfarthing contestó a sus preguntas enseguida.

—La iglesia de San Osoph —explicó el pastor— es un fideicomiso a perpetuidad, con derecho a tener propiedades en virtud de una ley general estatal y que como tal puede ser objeto de una demanda o un procedimiento de embargo. Hablo con cierto conocimiento de causa, pues tuve ocasión de informarme sobre la materia cuando me ofrecieron el puesto.

—Es una cuestión muy sencilla —explicó al fin el señor Skinyer al señor Fyshe—. Una de las dos iglesias es un fideicomiso a perpetuidad, la otra es prácticamente una corporación estatal. Ambas tienen pleno control sobre sus propiedades, siempre y cuando ninguna haga nada que contamine la pureza de su doctrina.

—¿Y eso qué significa? —inquirió el señor Fyshe.

—Que deben mantener su doctrina absolutamente pura. De lo contrario, si algunos de los miembros del consejo siguen siendo puros y el resto no, los puros tienen derecho a quedarse con toda la propiedad. Por lo que tengo entendido, esto pasa todos los días en Escocia, donde, por supuesto, están empeñados en mantener la pureza de la doctrina.

—¿Y cómo definiría usted una doctrina «pura»? —preguntó el señor Fyshe.

—Si los miembros del consejo no se ponen de acuerdo —explicó el señor Skinyer—, deciden los tribunales, pero se considera pura cualquier doctrina si los miembros del consejo así la juzgan.

—Entiendo —dijo el señor Fyshe, pensativo—. Es lo mismo que lo que llamamos «política permisible» en el caso de los directores de Cacharros de Lata Combinados.

—Exacto —confirmó el señor Skinyer—. Y significa que no necesitamos nada para la fusión, se lo digo con total franqueza, salvo el consentimiento general.

Durante las etapas preliminares de la fusión se siguieron las directrices empresariales habituales. Los miembros del consejo de administración de San Asaph pasaron por el proceso que se conoce como «acercamiento» a sus homólogos de San Osoph. Por ejemplo, en primer lugar, el señor Lucullus Fyshe invitó al señor Asmodeus Boulder, de San Osoph, a comer con él en el Club Mausoleo. Como se suele hacer en esos casos, el coste del almuerzo se cargó a la cuenta de gastos generales de la iglesia. Por supuesto, durante la comida no se habló de la iglesia ni de sus finanzas ni de nada relacionado con ellas. Tocar esos temas habría sido de una gran incorrección empresarial. Unos días después, los hermanos Overend cenaron con el señor Furlong padre y cargaron el importe de la cena en la cuenta de emergencias de San

Asaph. A continuación, Skinyer y su socio, el señor Beatem, asistieron a las carreras de primavera y cargaron
los gastos en la cuenta de beneficios y pérdidas de San
Osoph. Por último, se invitó a Philippa Overend y a Catherine Dumfarthing a la ópera (gracias a la cuenta de gastos imprevistos) y luego a una cena de medianoche.

Todas estas cosas formaban parte de lo que recibía el
nombre de «promoción de la fusión» y seguían punto
por punto los pasos que se habían dado para crear Destilerías Fusionadas y Cacharros de Lata Combinados, lo
cual se consideró una señal de lo más esperanzadora.

—¿Crees que aceptarán la propuesta? —preguntó con
ansiedad el señor Newberry a Furlong padre—. Al fin y
al cabo, ¿qué ganan con ello?

—Tienen todos los alicientes —contestó el señor Furlong—. Después de todo, solo tienen un activo: el doctor
Dumfarthing. En realidad, nosotros nos ofrecemos a com-
prarles al señor Dumfarthing a cambio de compartir
nuestros activos con ellos.

—¿Y qué dice al respecto el doctor Dumfarthing?

—¡Ah, de eso no estoy seguro! —respondió el señor
Furlong—. Ahí podemos topar con una dificultad. De
momento no ha dicho nada y los miembros de su consejo de administración no sueltan prenda sobre su opinión.
No obstante, pronto sabremos algo. Skinyer nos pedirá
que nos pasemos algún día de la semana que viene para
redactar el contrato.

—Entonces, ¿ha fijado las bases financieras?

—Eso creo —dijo el señor Furlong—. Su idea es crear
una nueva corporación que se llamará Iglesia Unida,

S. L. o algo similar. Los actuales acreedores hipotecarios se convertirán en obligacionistas unificados, el alquiler de los bancos se capitalizará, convirtiéndose en acciones preferentes, y las acciones ordinarias, que extraerán sus dividendos del cepillo, se distribuirán entre los miembros eminentes. Skinyer opina que es la forma ideal para una unión de iglesias y la que tendrá mejor aceptación. Tiene la ventaja de que deja de lado todas las cuestiones religiosas, que en su opinión constituyen el único obstáculo que queda para una unión de todas las iglesias. En realidad, coloca a las iglesias por fin en un terreno empresarial.

—Pero ¿y qué pasa con la doctrina, con la fe? —inquirió el señor Newberry.

—Skinyer dice que puede arreglarlo —respondió el señor Furlong.

Alrededor de una semana después de esta conversación, los miembros del consejo unido de San Asaph y San Osoph se juntaron en torno a una enorme mesa ovalada en la sala de reuniones del Club Mausoleo. Se habían sentado mezclados, siguiendo el ejemplo de la recién fusionada Cacharros de Lata Combinados, y fumaban unos enormes puros negros que tenían en el club especialmente guardados para la promoción de las empresas y que se cobrarían a la organización a razón de cincuenta centavos el cigarro. Flotaba una profunda paz sobre la asamblea, como suele ocurrir en cualquier reunión de hombres que han llevado a cabo un tarea difícil y meritoria.

—Bueno —dijo el señor Skinyer, que presidía la mesa, con un montón de papeles frente a él—, creo que las bases generales de nuestra unión financiera se pueden considerar establecidas.

Un murmullo de asentimiento recorrió la asamblea.

—Los términos figuran en el memorando que tenemos aquí y que ustedes ya han firmado. Solo queda por considerar un último punto, de menor importancia. Tiene que ver con las doctrinas o el credo de la nueva corporación.

—¿Es necesario tratar ese punto?

—Tal vez no a fondo —respondió el señor Skinyer—. Con todo, como bien saben, ha habido ciertos motivos, no diré de desacuerdo, sino quizá de amable disensión entre los miembros de las dos iglesias. Por ejemplo... —aquí consultó sus papeles—, la teoría de la creación, la salvación del alma, etcétera, son cuestiones que se han mencionado a este respecto. Constan todas en un memorando que tengo aquí, aunque ahora mismo no soy capaz de citarlas de memoria. Se trata, dirán ustedes, de cuestiones de poca importancia, sobre todo si las comparamos con las complejas cuestiones financieras en las que hemos llegado a un acuerdo satisfactorio. Pese a ello, creo que sería adecuado, si me lo permiten, redactar uno o dos memorandos que después se incluirán en nuestros estatutos.

Hubo un murmullo general de aprobación.

—Muy bien —dijo el señor Skinyer, apoyándose de nuevo en el respaldo de la silla—. En primer lugar, en lo que respecta a la creación —en este punto paseó la mirada por la asamblea como para reclamar su atención—, ¿desean que nos limitemos a un acuerdo entre caballeros o prefieren que incluya una cláusula explícita sobre el tema?

—Creo que estaría bien —opinó el señor Dick Ove-rend— que no quede duda alguna sobre la teoría de la creación.

—Bien —dijo el señor Skinyer—. Entonces, pondré algo del estilo de: «El próximo día, por ejemplo, 1 de agosto o en fecha posterior, se fijará el asunto de la creación y por la presente se determina que se hará de tal modo que resulte aceptable para la mayoría de los poseedores de acciones ordinarias y preferentes, en votación proporcional». ¿Están de acuerdo?

—Aprobado —exclamaron varios al unísono.

—Aprobado —repitió el señor Skinyer—. Ahora pasemos a... —aquí consultó sus notas— la segunda cuestión, el castigo eterno. Tengo un memorando que dice: «En caso de que surgieran dudas en relación con el tema del castigo eterno, el próximo día 1 de agosto o en fecha posterior se resolverán de forma completa y definitiva por votación proporcional de todos los poseedores de acciones ordinarias y preferentes». ¿Están de acuerdo?

—¡Un momento! —dijo el señor Fyshe—. ¿Le parece justo para los obligacionistas? Al fin y al cabo, al ser los verdaderos poseedores de la propiedad, no puede haber nadie con más interés en el asunto que ellos. Me gustaría proponer una enmienda a su cláusula que especifique (no la formulo de manera exacta, sino que me limito a transmitir su significado) que el castigo eterno se debería reservar a los acreedores hipotecarios y los obligacionistas.

En este punto surgieron voces a favor y en contra, que se expresaron todas a la vez. Algunos opinaban que los accionistas de la compañía, especialmente los poseedores de acciones preferentes, tenían el mismo derecho al castigo eterno que los obligacionistas. Al cabo de un rato, el señor Skinyer, que había estado tomando notas, levantó la mano para pedir silencio.

—Caballeros —dijo—, ¿aceptan este compromiso? Mantendremos la cláusula original, pero añadiremos las palabras «pero ningún tipo de castigo eterno será válido en caso de no agradar a tres quintas partes de los titulares de obligaciones».

—Aprobado, aprobado —exclamaron todos.

—A esto solo hay que añadir, a mi juicio —dijo el señor Skinyer—, una cláusula que especifique que cualquier otra cuestión de doctrina, credo o principios religiosos podrá ser libremente alterada, corregida, revocada o abolida por completo en cualquier reunión general.

Una vez más, se oyó un coro de «Aprobado, aprobado». Los miembros del consejo se levantaron, dándose apretones de manos unos a otros y encendiendo nuevos cigarros mientras salían del club al aire fresco de la noche.

—Lo único que no entiendo... —le dijo el señor Newberry al doctor Boomer cuando salían del club cogidos del brazo (pues ya podían caminar así con la misma naturalidad que los directivos de dos destilerías fusionadas)—. Lo único que no entiendo es por qué el reverendo Dumfarthing se muestra dispuesto a consentir la fusión.

—¿De verdad no lo sabe? —le preguntó el doctor Boomer.

—No.

—¿No ha oído nada?

—Ni una palabra —respondió Newberry.

—¡Ah! —dijo el presidente—. Veo que nuestro hombre se lo tiene muy callado... No me extraña, dadas las circunstancias. La verdad es que el reverendo Dumfarthing nos deja.

—¡Que deja San Osoph! —exclamó el señor Newberry absolutamente atónito.

—Y no sabe cuánto lo lamentamos. Lo han llamado de otro sitio, una oferta de trabajo de lo más atractiva, por lo que nos ha dicho, una ocasión excelente. Le han ofrecido diez mil cien dólares. Nosotros solo le dábamos diez mil, aunque, por supuesto, ese aspecto de la oferta carece de peso para un hombre como Dumfarthing.

—No, no, claro —dijo el señor Newberry.

—En cuanto nos enteramos de la propuesta, le ofrecimos diez mil trescientos, aunque sabíamos que eso no iba a significar nada para un hombre de su carácter. De hecho, aún estaba esperando y asesorándose cuando le ofrecieron once mil. Nosotros no podíamos superar esa oferta. Estaba fuera de nuestras posibilidades, aunque teníamos el consuelo de saber que en el caso de un hombre como Dumfarthing, el dinero no influía.

—¿Y ha aceptado la oferta?

—Sí. La ha aceptado hoy. Le envió una nota a nuestro presidente, el señor Dick Overend, en la que le comunicaba que permanecería en la vivienda del pastor buscando una iluminación hasta las dos y media, y que a partir de esa hora, si no nos habíamos comunicado con él, dejaría de buscarla.

—¡Vaya por Dios! —exclamó el señor Newberry, meditabundo—. De modo que cuando los miembros de su consejo vinieron a la reunión...

—Exacto —contestó el doctor Boomer. Y por un momento algo parecido a una sonrisa se dibujó en sus facciones—. El doctor Dumfarthing ya había enviado un telegrama en el que informaba de que aceptaba la oferta.

—Pero, entonces —dijo el señor Newberry—, durante la reunión que hemos mantenido esta noche, ustedes estaban en la posición de carecer de pastor.

—En absoluto. Ya habíamos designado un sucesor.

—¿Un sucesor?

—Desde luego. Saldrá en la prensa de mañana. La verdad es que decidimos pedirle al doctor McTeague que vuelva a su puesto.

—¡El doctor McTeague! —repitió Newberry, perplejo—. ¡Pero si dicen que tiene la cabeza...!

—¡No, no, qué va! —lo interrumpió el doctor Boomer—. Parece que en todo caso tiene la mente más fuerte y despejada que nunca. El doctor Slyder dice que la parálisis cerebral muchas veces produce ese efecto: calma el cerebro, lo aclara, por así decir, de tal modo que problemas intelectuales que antes eran fuente de la más absoluta perplejidad dejan de presentar ninguna dificultad después. El doctor McTeague, por lo que he oído, ya no tiene ningún problema para conciliar la dialéctica de san Pablo con Hegel, como le ocurría antes. Afirma que ahora ve claro que quieren decir lo mismo.

—Vaya, vaya —dijo el señor Newberry—. ¿Y el doctor McTeague también volverá a dar clases de Filosofía en la universidad?

—Nos parece más prudente que no lo haga —contestó el rector—. Si bien consideramos que la cabeza del doctor McTeague está en perfectas condiciones para la labor clerical, tememos que la labor docente podría forzarla demasiado. Con objeto de sacar el máximo partido a su asombrosa inteligencia, nos proponemos que pase a formar parte del órgano rector de la universidad. Ahí su cerebro estará a salvo de cualquier trauma. En el aula, siempre correríamos el riesgo de que algún alumno le preguntase algo en una de sus clases. Este tipo de problemas, como es natural, no surgen nunca ni en el púlpito ni entre los directivos de la universidad.

—Desde luego que no —repuso el señor Newberry.

Así se constituyó la famosa unión o fusión de las iglesias de San Asaph y San Osoph, considerada por muchos de los participantes en ella el comienzo de una nueva era en la historia de la Iglesia moderna.

No cabe duda de que en muchos aspectos fue un gran éxito.

La rivalidad, la competencia y las controversias sobre cuestiones de dogma han dejado de existir en la avenida Plutoria. Ahora, los feligreses de las dos congregaciones asisten a los servicios de cualquiera de las iglesias, según les venga en gana. Como les gusta decir a los miembros del consejo, da exactamente igual. Al pertenecer a un fondo común, la totalidad de los ingresos de las iglesias se divide sin hacer referencia al número de asistentes a cada una. Cada semestre se emite un informe impreso dirigido a los accionistas de Iglesias Unidas, S. L., que apenas se diferencia, ni en estilo ni en contenido, de los informes anuales y trimestrales de Cacharros de Lata Combinados, de Ferreterías Unidas o de otras sociedades cuasirreligiosas semejantes. «Sus directores —declara uno de estos documentos— tienen el placer de anunciarles que, pese a la crisis industrial generalizada, los ingresos brutos de la corporación han experimentado un incremento que justifica la distribución de un dividendo de Acciones Acumuladas del Cepillo, que se ofrecerá a la par a todos los poseedores de acciones ordinarias o preferentes. También se alegrarán ustedes de saber que los directores han aprobado por unanimidad la propuesta de enviarle al reverendo Uttermust Dumfarthing un obsequio especial con ocasión de su cercano enlace matrimonial». Hubo un acalorado debate sobre si este obsequio se debía hacer en forma de una cantidad en efectivo, como se sugirió en un principio, o en forma de homenaje escrito, como se propuso más adelante. Como era de esperar, al final se adoptó esta última propuesta, por considerarse más adecuada a las circunstancias. Por consiguiente, se ha redactado un escrito en el que se le explica al reverendo Uttermust Dumfarthing, en caracteres y redacción antiguos, la opinión que de él tienen sus antiguos parroquianos.

El «cercano enlace matrimonial» del doctor Dumfarthing se refería, como no podía ser menos, a su boda con Juliana Furlong. No había constancia de que le hubiera propuesto matrimonio exactamente. Pero, por lo visto, antes de renunciar a su puesto llamó su atención, en términos muy severos, sobre el hecho de que, puesto que su hija iba a separarse de él, debía encontrar a alguien que se ocupase de su casa, o bien incurrir en el gasto de pagar un ama de llaves. Esta última alternativa, le dijo, no era la que más lo atraía. También le recordó que ella ya tenía una edad que no le permitía escoger a su antojo y que su condición espiritual era, como poco, extremadamente incierta. La combinación de estos argumentos se considera, al menos en virtud de las leyes escocesas, equivalente a una proposición de matrimonio.

Catherine Dumfarthing no se fue con su padre a la vivienda adyacente a la nueva iglesia. Primero permaneció unas semanas en casa de Philippa Overend mientras terminaba de empaquetar sus cosas y después se quedó otras cuantas semanas en tanto que las desempaquetaba. Esto sucedió así por obra de una conversación que mantuvo con el reverendo Edward Fareforth Furlong en un sombreado rincón del jardín de los Overend. Tras esta conversación, a su debido tiempo Catherine y Edward se casaron en una ceremonia oficiada por el reverendo doctor McTeague, cuyos ojos se llenaron de filosóficas lágrimas cuando les dio su bendición.

Así pues, las dos iglesias de San Asaph y San Osoph se yerguen la una junto a la otra, unidas y en paz. Las campanas de cada una llaman con suavidad a la otra las mañanas de domingo y hay tal armonía entre ellas que es un hecho comprobado que incluso los grajos episcopalianos de los olmos de San Asaph y los cuervos presbiterianos de las píceas de San Osoph intercambian las ramas en las que se posan domingo sí domingo no.

OCHO

LA ENCONADA LUCHA POR EL GOBIERNO LIMPIO

Newberry, recostándose en un sillón de cuero del Club Mausoleo mientras encendía el segundo cigarro—, está podrido, ni más ni menos.

—Absolutamente podrido —asintió el señor Dick Overend, al tiempo que tocaba la campanilla para pedir otro whisky con soda.

—Corrupto —dijo el señor Newberry entre bocanada y bocanada de humo.

—Plagado de chanchullos —opinó el señor Overend echando la ceniza del cigarro en la chimenea.

—Y de concejales deshonestos —siguió el señor Newberry.

—El abogado responsable de los asuntos del ayuntamiento es un haragán —declaró el señor Overend—, y el tesorero, un intrigante de mucho cuidado.

—Sí —le dio la razón Newberry. Luego, inclinándose hacia delante y observando con atención los pasillos del club, dijo tapándose la boca con la mano—: Y el alcalde es el mayor bandido de todos. Y, lo que es más —añadió, bajando la voz hasta convertirla en un susurro—, ha llegado el momento de decirlo abiertamente y sin miedos.

El señor Overend asintió:

—Esto es una tiranía —dijo.

—Peor que Rusia —corroboró el señor Newberry.

Llevaban un rato sentados en un rincón tranquilo del club —era una tarde de domingo— y habían empezado hablando de la corrupción imperante en la política federal de los Estados Unidos, sin afán de discusión y sin caer ni por un momento en la exaltación, sino con la tristeza reflexiva del hombre de edad que se sienta en un sillón de cuero de un agradable club a fumarse un buen cigarro y meditar sobre la decadencia de los tiempos. La corrupción del gobierno federal no los enfurecía. Solo los apenaba.

Ambos recordaban lo diferente que era todo en sus años de juventud, cuando aún estaban empezando su andadura en la vida. Cuando los señores Newberry y Dick Overend eran jóvenes, los hombres se hacían congresistas por puro patriotismo; en aquella época no había chanchullos ni intrigas, como ambos reconocían; y, en cuanto al Senado de los Estados Unidos —estas palabras las pronunciaron en voz muy queda, como embargados por el respeto—, bueno, cuando eran jóvenes, el Senado de los Estados Unidos...

Pero no, ninguno de los dos era capaz de encontrar una frase que expresase de forma suficientemente correcta lo que querían decir.

Se limitaron a repetir «Y, en cuanto al Senado de los Estados Unidos...» y luego sacudieron la cabeza en tanto que tomaban largos tragos de su whisky con soda.

Después, como es natural, el tema de la corrupción en el gobierno federal los llevó a hablar de la corrupción de la Asamblea Legislativa estatal. ¡Qué contraste con las de su juventud! Distintas no solo por la ausencia de pillos, decía el señor Newberry, sino por el calibre de sus miembros. Recordaba una ocasión, cuando tenía doce años, en que su padre lo había llevado a presenciar un debate. Nunca lo olvidaría. ¡Gigantes!, decía, eso es lo que eran. En realidad, parecía más un Witenagemot que una Asamblea Legislativa de los Estados Unidos. Contó que recordaba con total claridad a un político cuyo nombre no le venía a la cabeza, que hablaba de un tema que en ese momento no tenía presente, a favor o en contra, de eso no se acordaba, pero que lo había dejado impresionado. Lo tenía grabado en el recuerdo como si hubiera sucedido la víspera.

Sin embargo, en cuanto a la Asamblea Legislativa actual —aquí el señor Overend meneó la cabeza con pena, asintiendo de antemano a lo que sabía que iba a decir su interlocutor—, bueno... El señor Newberry había tenido ocasión de visitar la capital del estado hacía una semana, en relación con un proyecto de ley de ferrocarriles que estaba intentando..., es decir, que ardía en deseos de..., en fin, en relación con un proyecto de ley de ferrocarriles; y, cuando contemplaba a los miembros de la Asamblea Legislativa, se sentía verdaderamente avergonzado, no podía expresarlo de otro modo: avergonzado.

Al cabo de un rato, a fuerza de hablar de la corrupción en las instituciones estatales, los señores Newberry y Dick Overend llegaron al tema de la corrupción en el gobierno municipal. Igual que antes, ambos coincidían en que la cosa estaba peor que en Rusia. Lo que en su fuero interno más los irritaba era que llevaban treinta o cuarenta años viviendo y haciendo negocios en ese ambiente de corrupción y hasta entonces no habían reparado en ella. Estaban demasiado ocupados.

El caso es que su conversación reflejaba no solo sus propias ideas originales sobre el asunto, sino también el sentimiento generalizado de toda la comunidad.

Llegó un momento —de forma bastante repentina, al parecer— en que a todo el mundo se le ocurrió al mismo tiempo que el gobierno municipal estaba absolutamente podrido. Es una palabra muy fuerte. Pero es esa la que usaban. Fíjese usted en los concejales, decían, ¡podridos! Y el alcalde... ¡Buf!

La cosa sucedió de repente. Todos lo sintieron a la vez. La gente se preguntaba cómo una comunidad cuerda e inteligente había podido tolerar la presencia de unos sinvergüenzas y corruptos como los veinte concejales de la Ciudad. Sus nombres eran sinónimo en todos los Estados Unidos de la más absoluta y criminal corrupción. Tanto se decía esto que todo el mundo comenzó a escarbar en los periódicos para intentar averiguar al menos quiénes eran los concejales. Cuesta recordar veinte nombres, aparte de que, en el momento en que este sentimiento generalizado inundó la Ciudad, nadie sabía quiénes eran los concejales ni le importaba lo más mínimo.

A decir verdad, los concejales llevaban siendo los mismos unos quince o veinte años. Algunos se dedicaban al sector de los productos alimentarios, otros eran carniceros, había dos verduleros, pero, en cualquier caso, todos ellos vestían chalecos de cuadros y corbatas rojas, y se levantaban todos los días a las siete de la mañana para ir al mercado de la verdura o al que le correspondiese a cada uno. Por lo general, nadie pensaba en ellos o, mejor dicho, ningún habitante de la avenida Plutoria lo hacía. De vez en cuando veían alguna foto en el periódico y se preguntaban por un momento quién era esa persona, pero, al fijarse y ver que no ponía nada debajo, concluían: «Ah, claro, es un concejal», de modo que pasaban a otra cosa.

—¿De quién es ese funeral? —preguntaba a veces algún hombre en la avenida Plutoria.

—No es más que uno de los concejales de la Ciudad —le respondía un transeúnte que pasaba por allí a toda prisa.

—Ah, claro. Perdone, pensé que podía tratarse de alguien importante.

Y los dos se echaban a reír.

No estaba claro cómo y cuándo había comenzado este movimiento de indignación. La gente decía que formaba parte de una nueva oleada de moralidad pública que estaba barriendo los Estados Unidos. Desde luego, llamaba la atención en casi todo el país. La prensa de Chicago atribuía su origen a la nueva fuerza y los ideales frescos del Medio Oeste. En Boston se decía que se debía a un renacer del viejo espíritu de grandeza de Nueva Inglaterra. En Filadelfia lo llamaban el espíritu de William Penn. En el sur consideraban que era la reafirmación de la caballerosidad sureña, que se abría paso contra la codicia y el egoísmo del norte, mientras que en el norte detectaron de inmediato que se trataba de una reacción de protesta contra la lentitud y la ignorancia del sur. En el oeste hablaban de ello como de una rebelión contra el espíritu del este, en tanto que en el este lo consideraban una reacción contra el desorden del oeste. Pero en todas partes lo aclamaban diciendo que era una nueva señal de la gloriosa unidad del país.

Así pues, si los señores Newberry y Overend conversaban sobre la corrupción de su ciudad, era solo porque participaban en el sentimiento nacional del momento. De hecho, cientos de habitantes de la misma ciudad, tan desinteresados como ellos, comenzaban a despertar y darse cuenta de lo que sucedía. En cuanto la gente empezó a analizar la situación en la Ciudad, quedó horrorizada por lo que descubrió. Se averiguó, por poner un ejemplo, ¡que el concejal Schwefeldampf era director de una funeraria! ¡Figúrense! En una ciudad en la que había doscientas cincuenta muertes por semana, y a veces más, ¡el director de una funeraria era edil del ayuntamiento! ¡Una ciudad que estaba a punto de expropiar terrenos y gastar cuatrocientos mil dólares en la construcción de un nuevo cementerio tenía a un director de funeraria nada menos que en el comité de expropiaciones! ¡Y mucho peor! ¡El concejal Undercutt era carnicero! ¡En una ciudad que consumía mil toneladas de carne semanales! También se filtró la información de que el concejal O'Hooligan... ¡era irlandés! ¡Un irlandés pertenecía al comité policial del ayuntamiento de una ciudad en la que treinta y ocho policías y medio de cada cien eran irlandeses, bien de nacimiento, bien de origen! Aquello era un escándalo.

Por lo tanto, cuando el señor Newberry se quejaba de que aquello era peor que Rusia, lo decía de corazón.

Pues bien, precisamente cuando los señores Newberry y Overend concluían su conversación, junto a ellos pasó la figura corpulenta del alcalde McGrath, con sus andares lentos y pesados. Los miró por el rabillo del ojo —sus ojos parecían ciruelas en medio de una cara llena de manchas— y, como era un político nato, con solo verlos supo que estaban hablando de algo de lo que no debían hablar. Pero, también puesto que era un político, se limitó a saludarlos con un «Buenas tardes, caballeros», sin dar muestras de alteración.

—Buenas tardes, señor alcalde —respondió el señor Newberry en tono halagador, mientras se frotaba las manos débilmente. No hay espectáculo más penoso que ver a un hombre honesto al que han pillado in fraganti hablando con franqueza y sin miedos de un malhechor.

—Buenas tardes, señor alcalde —coreó Dick Overend, que también se frotaba las manos—. Hace buena noche, ¿no le parece?

Por toda respuesta, el alcalde emitió un gruñido gutural que, como todo el mundo sabe por las ruedas de prensa del ayuntamiento, significa que no desea pronunciarse.

—¿Nos habrá oído? —susurró el señor Newberry cuando el alcalde hubo salido del club.

—Me da igual —susurró a su vez el señor Dick Overend.

Media hora después, el alcalde McGrath entraba en el local del Club Thomas Jefferson, situado en la parte de atrás de un bar y salón de billares de los barrios populares de la Ciudad.

—Amigos —les dijo a los concejales O'Hooligan y Gorfinkel, que estaban jugando al póquer *freezeout* en un rincón, detrás de las mesas de billar—, más vale que les digáis a los muchachos que traten de pasar desapercibidos y que se lo tomen con calma. Se están haciendo muchos comentarios que no me gustan nada sobre las elecciones. Que los muchachos sepan que durante una temporada cuanto más desapercibidos pasen, mejor.

En consecuencia, se transmitió la consigna del Club Thomas Jefferson al George Washington, de ahí al Eureka (para personas de color) y por último al Kossuth (para húngaros), así como a otros centros del patriotismo cívico situados en las peores zonas de la Ciudad. Y de inmediato comenzaron a pasar tan desapercibidos que ni el honesto Diógenes habría podido averiguar a qué se dedicaban ni aunque los iluminase con su linterna.

—Si esos tipos nos buscan problemas —le dijo el presidente del Club George Washington al alcalde McGrath un par de días después—, van a vérselas con nosotros.

—Bueno —dijo el corpulento alcalde, hablando muy despacio y observando atentamente a su secuaz—, ahora hay que tomárselo con calma, te lo aseguro.

La mirada que en ese momento fijó el alcalde en su adlátere se parecía enormemente a la que podría haber dirigido el pirata Morgan a uno de sus marineros antes de lanzarlo por la borda.

Entretanto, la ola de entusiasmo cívico que se reflejaba en las conversaciones de la avenida Plutoria seguía fortaleciéndose día tras día.

—Esto es un escándalo —dijo el señor Lucullus Fyshe—. ¡Pero si es que esos tipos del ayuntamiento no son más que bribones! El otro día tuve ocasión de hacer negocios allí (un asunto relacionado con la evaluación de nuestras fábricas de gaseosas) y descubrí, ¿saben ustedes?, ¡que esos tipos aceptan sobornos!

—¡Pero bueno! —exclamó el señor Peter Spillikins, que era con quien hablaba en esos momentos—. ¡Pero bueno! ¡No me diga!

—Es un hecho —insistió el señor Fyshe—. Aceptan sobornos. Me llevé al ayudante del tesorero a un aparte y le dije: «Quiero que se haga esto, esto y esto», en tanto que le ponía un billete de cincuenta dólares en la mano. ¡Y el tipo lo cogió! ¡Lo cogió rápido como el rayo!

—¡Lo cogió! —exclamó el señor Spillikins, anonadado.

—Pues sí —contestó el señor Fyshe—. Eso debería figurar como delito en el Código Penal.

—¡Y tanto! —coincidió el señor Spillikins—. ¡Por semejante cosa deberían ir a la cárcel!

—¡Y qué insolencia tan tremenda la suya! —prosiguió el señor Fyshe—. Al día siguiente, volví al ayuntamiento para ver al auxiliar del ayudante (en relación con el mismo asunto), le dije lo que quería y le planté un billete de cincuenta dólares en el mostrador. ¡Pues el tipo se puso como una fiera y a punto estuvo de tirármelo a la cara! ¡No quiso cogerlo!

—¡Que no quiso cogerlo! —exclamó el señor Spillikins con voz entrecortada—. ¡Pero bueno!

Conversaciones como estas llenaban los momentos de ocio y de trabajo de los habitantes más notables de la Ciudad.

En ese panorama lúgubre, sin embargo, se podía apreciar un rayo de luz. Desde luego, la «ola» había llegado en el momento oportuno. Pues no solo se aproximaban las elecciones municipales, sino que, además, los ediles que resultasen de ellas tendrían que enfrentarse a cuatro o cinco asuntos de máxima importancia. Estaba pendiente, por ejemplo, la cuestión de las expropiaciones de la Compañía de Tracción (que implicaba muchos millones de dólares); también había que decidir algo sobre la renovación de la licencia de la Eléctrica de los Ciudadanos, un tema de vital importancia; por otra parte, era preciso dejar claro el asunto de los cuatrocientos mil dólares que se iban a invertir en comprar terrenos para la ampliación del cementerio. Y en la avenida Plutoria todo el mundo pensaba que era maravilloso que la Ciudad estuviese despertando, en el sentido moral del término, precisamente en el momento en que se trataban esos asuntos. Todos los accionistas de la Compañía de Tracción y de la Eléctrica de los Ciudadanos —entre los que estaban lo mejorcito de la Ciudad y algunas de sus mentes más privilegiadas— sentían que el momento exigía un enorme esfuerzo moral que les permitiese elevar el nivel de la Ciudad y quedarse con ella, si no entera, al menos con todo lo que pudieran.

—¡Es un movimiento extraordinario! —dijo el señor Fyshe (era uno de los principales accionistas de la Eléctrica de los Ciudadanos, además de su presidente)—. ¡Qué maravilla pensar que para obtener nuestra licencia no tendremos que tratar con una pandilla de tunantes y corruptos como los concejales que hay ahora! ¿Sabía usted, Furlong, que la primera vez que les propusimos una renovación de la licencia para ciento cincuenta años no quisieron concedérnosla? ¡Dijeron que era demasiado tiempo! ¡Figúrese! ¡Ciento cincuenta años (nada más que un siglo y medio) les parecía mucho tiempo para una licencia! Esperan que instalemos nuestros postes, que tendamos nuestros cables, que coloquemos nuestros transformadores en sus calles, sabiendo que a lo mejor dentro de cien años nos veremos obligados a venderlo todo a precio de ganga. Claro que sabemos lo que querían. Pretendían que les diésemos cincuenta dólares a cada uno para metérselos en el bolsillo, los muy bribones.

—¡Es indignante! —contestó el señor Furlong.

—Y lo mismo con el asunto de los terrenos para el cementerio —prosiguió Lucullus Fyshe—. ¿Se da usted cuenta de que, si no hubiese surgido el movimiento y los hubiese controlado, esos canallas le habrían dado al granuja de Schwefeldampf cuatrocientos mil dólares por sus veinte hectáreas de terreno? ¡Hágase cargo!

—No creo —dijo el señor Furlong con expresión grave— que cuatrocientos mil dólares sea un precio excesivo, teniendo en cuenta la naturaleza y las dimensiones del terreno.

—Desde luego que no —replicó el señor Fyshe, con calma y decisión, escrutando con la mirada al señor Furlong—. Claro que no es un precio alto. En mi opinión, y hablo como un observador imparcial, se trataría de un precio muy justo y razonable para veinte hectáreas de terreno suburbano, si fuesen las tierras adecuadas. Si, por ejemplo, hubiese que hacer una oferta por ese espléndido solar que, según tengo entendido, posee su corporación al otro lado del cementerio y que mide unas ocho hectáreas, ¿no es así?, yo diría que cuatrocientos mil dólares es un precio bastante bajo.

El señor Furlong asintió, meditabundo.

—Usted había pensado, ¿verdad que sí?, en ofrecérselo al ayuntamiento.

—Se lo ofrecimos —contestó el señor Furlong—, casi por un precio simbólico, unos cuatrocientos mil, me parece que era. Pensamos que, visto el uso que se les iba a dar a los terrenos, sería mejor no regatear.

—Ya, desde luego —le dio la razón el señor Fyshe.

—Nuestra intención era —continuó el señor Furlong—, si el ayuntamiento quería esos terrenos para la ampliación del cementerio, dárselos al precio que fijaran ellos: cuatrocientos mil, medio millón, en fin, cualquier cifra a partir de cuatrocientos mil que ellos decidiesen. Nosotros no lo veíamos como una transacción comercial. Nuestra recompensa era simplemente el hecho de vendérselos a ellos.

—Exacto —intervino el señor Fyshe—, y, por supuesto, sus terrenos eran más deseables se mirase por donde se mirase. Los de Schwefeldampf están llenos de cipreses, sauces llorones y árboles de hoja perenne que hacen que no sea el emplazamiento más indicado para un cementerio moderno. Los suyos, en cambio, por lo que recuerdo, son una hermosa extensión abierta, con un suelo de arenilla y sin árboles ni hierba que planteen dificultades.

—Sí —dijo el señor Furlong—. También nosotros pensamos que nuestro solar, al tener justo detrás las curtidurías y la fábrica de productos químicos, era un lugar ideal para... —Aquí se detuvo, buscando la forma de expresar sus pensamientos.

—Para los difuntos —lo ayudó el señor Fyshe, con la reverencia debida.

Después de esta conversación, los señores Fyshe y Furlong se entendían perfectamente en relación con el nuevo movimiento.

En realidad, fue asombrosa la rapidez con la que se extendió.

—¿Rasselyer-Brown está con nosotros? —le preguntó alguien al señor Fyshe unos días después.

—En cuerpo y alma —contestó el señor Fyshe—. Está muy enfadado por cómo estos granujas han estado despojando a la Ciudad de su suministro de carbón. Dice que el ayuntamiento ha estado comprándole carbón al por mayor a las minas a tres con cincuenta, un combustible completamente inservible, por lo que cuenta. Ha oído decir que a cada uno de esos bribones se le pagan entre veinticinco y cincuenta dólares cada invierno a cambio de su complicidad.

—¡Vaya por Dios! —exclamó su interlocutor.

—Es abominable, ¿verdad? —prosiguió el señor Fyshe—. Pero, como le dije al señor Rasselyer-Brown, ¿qué se puede hacer si ni los mismos ciudadanos se interesan por esos asuntos? «Fíjese en su propio caso —le dije—. ¿Cómo puede ser que usted, un empresario del carbón, no ayude a la Ciudad en este asunto?». Él sacudió la cabeza. «No lo haría a tres con cincuenta», me dijo. «No —le contesté—. Pero ¿y a cinco?». Él me miró un momento y luego me dijo: «Fyshe, a cinco lo haría, o a cualquier precio superior que decidan ellos. Si conseguimos que entre un nuevo gobierno municipal, podrá fijar el precio que desee». «Bien —le dije—. Espero que los demás empresarios tengan el mismo espíritu».

Así fue haciéndose la luz, que se propagó en todas direcciones, iluminando la Ciudad. La gente comenzó a darse cuenta de las necesidades de la Ciudad como nunca lo había hecho antes. El señor Boulder, que poseía, entre otras cosas, una cantera y una empresa de asfaltos, reparó en que la pavimentación de las calles era un desastre. El señor Skinyer, de Skinyer y Beatem, meneaba la cabeza y afirmaba que el departamento legal del ayuntamiento precisaba una reorganización total. Necesitaba, decía él, sangre nueva. Pero se preguntaba desesperanzado cómo se puede gestionar bien un departamento legal si su jefe no cobra más de seis mil dólares; eso es imposible. Si pudiese, explicaba, jubilar al actual jefe del departamento y sustituirlo por un hombre capaz (el señor Skinyer hacía hincapié en esta palabra) con un sueldo de unos, digamos, quince mil, tal vez hubiese esperanzas.

—Claro está —le dijo el señor Skinyer a Newberry en una ocasión en que trataron el tema— que habría que proporcionarle una plantilla decente de ayudantes, para liberarlo de todas las labores rutinarias (las comparecencias en los tribunales, la preparación de informes, la revisión de impuestos, las consultas en la oficina y el trabajo puramente legal). Así tendría las manos libres para consagrarse por entero a aquellos aspectos que... Bueno, en realidad, a cualquier cosa a la que le parezca apropiado consagrarse.

Al cabo de una o dos semanas, el movimiento público había encontrado su forma de expresión y había tomado cuerpo en la Asociación por un Gobierno Limpio. La había organizado un grupo de ciudadanos eminentes y desinteresados, y celebró su primera reunión en la sala más amplia del piso de arriba del Club Mausoleo. El señor Lucullus Fyshe, el señor Boulder y otras personas que deseaban que se hiciese justicia a los accionistas de la Compañía de Tracción y de la Eléctrica de los Ciudadanos ocuparon un lugar destacado desde el principio. El señor Rasselyer-Brown y el señor Furlong padre, entre otros, tomaron parte en ello no por su interés en las cuestiones de electricidad o transportes, sino por puro espíritu cívico. El doctor Boomer estaba allí para representar a la universidad, junto con tres de sus profesores más presentables, hombres cultivados, capaces de sentarse en un club de primera categoría, beber whisky con soda y conversar con la misma soltura que cualquier empresario de los presentes. El señor Skinyer y el señor Beatem, entre otros, representaban a los abogados. El doctor McTeague, que pestañeaba por causa del humo azul del tabaco, hacía lo propio con la iglesia. Había también entusiastas, como el señor Newberry, los hermanos Overend y Peter Spillikins.

—¿No le parece estupendo —le susurró el señor Spillikins a Newberry— ver a un conjunto de hombres como estos embarcarse en un asunto así, sin pensar en sus propios intereses?

El señor Fyshe, en calidad de presidente, se dirigió a la reunión. Les dijo que iban a poner en marcha un gran movimiento de voluntarios, libre y popular. Les había parecido prudente, explicó, celebrar la reunión a puerta cerrada para que la prensa no se enterase. Así se protegería a la liga de la camarilla de intrigantes que hasta la fecha habían mancillado todos los aspectos de la administración municipal. Aspiraban, declaró, a que en adelante todo se hiciese a la luz del día; por eso los habían convocado por la noche para discutir las líneas de actuación. Una vez que estuviesen seguros de lo que querían hacer, la liga permitiría que ciudadanos de todas las clases aportasen libremente sus sugerencias. Entre aplausos, afirmó que a nadie, por muy humilde que fuera, se le iba a impedir —una vez que la plataforma o liga estuviese establecida— que hiciese sugerencias o cooperase. A todos se les permitiría ayudar, incluso a los más pobres. Se prepararían listas se suscripción para que la gente aportase lo que pudiese (siempre y cuando esa aportación fuese de entre uno y cinco dólares) y se lo diese al tesorero. La liga iba a ser democrática a ultranza. Los más pobres podrían contribuir con tan solo un dólar e incluso a los más ricos no se les dejaría dar más de cinco. Además, anunció que pretendía proponer que por la normativa interna ninguna persona que desempeñase un cargo importante en la liga pudiese hacer aportaciones económicas. Él mismo —si los demás le concedían el honor de nombrarlo presidente, como tenía entendido que era su intención— sería el primero en acatar esa regla. Trataría de pasar desapercibido. Se obligaría a sí mismo, en aras del interés general, a no dar nada. Por otra parte, estaba en disposición de asegurar que sus amigos, los señores Boulder, Furlong y Boomer, entre muchos otros, lo harían así también.

Una salva de aplausos acogió estas declaraciones del señor Fyshe, que se sonrojó de orgullo al oírla.

—Ahora bien, caballeros —prosiguió—, esta reunión está abierta al debate. Recuerden que es bastante informal, cualquiera puede hablar. Como presidente, no pretendo controlar ni monopolizar el debate. Quiero que sepan...

—Entonces, señor presidente... —comenzó el señor Dick Overend.

—Un momento, señor Overend —replicó el señor Fyshe—. Quiero que sepan que todos pueden hablar con...

—¿Puedo, pues, señalar...? —empezó el señor Newberry.

—Disculpe, señor Newberry —lo cortó el señor Fyshe—. Primero desearía explicar que no solo pueden participar todos, sino que los invitamos a...

—En ese caso... —insistió el señor Newberry.

—Antes de hablar —lo interrumpió el señor Fyshe—, quiero añadir unas palabras. Hemos de intentar que nuestro debate sea lo más breve y conciso posible. Tengo que comunicar un sinfín de cosas a la asamblea, por lo que sería interesante que todos ustedes vayan al grano y traten de hablar lo menos posible. ¿Alguien tiene algo que decir?

—Bueno —dijo el señor Newberry—, ¿qué puede decirnos de la organización y los cargos de la liga?

—Ya lo hemos pensado —dijo el señor Fyshe—. Por encima de todo, deseábamos evitar un método tan corrupto y censurable como es la lista de candidatos, que hasta el momento tanto ha mancillado la política municipal. Los señores Boulder, Furlong y Skinyer, además de yo mismo, hemos preparado, pues, una breve lista de cargos que les presentamos para que la juzguen libremente. Reza así: presidente honorífico, señor L. Fyshe; vicepresidente honorífico, señor A. Boulder; secretario honorífico, señor Furlong; tesorero honorífico, señor O. Skinyer, etcétera. No hace falta que la lea entera. Ya la verán colgada en el vestíbulo más adelante. ¿Moción aprobada? Muy bien.

Se hizo el silencio unos instantes, mientras los señores Furlong y Skinyer se levantaban e iban a sentarse junto al señor Fyshe, en tanto que el señor Furlong se sacaba del bolsillo y colocaba las voluminosas actas de la reunión, que llevaba preparadas de casa. Como él mismo decía, era tan perfeccionista y meticuloso a la hora de escribir que no concebía redactarlas sobre la marcha.

—¿No les parece —apuntó el señor Newberry—, y hablo como hombre práctico que soy, que deberíamos hacer algo para que la prensa se ponga de nuestra parte?

—Es importantísimo —concidieron algunos miembros.

—¿Qué opina, doctor Boomer? —preguntó el señor Fyshe al rector de la universidad—. ¿Cree que la prensa se pondrá de nuestra parte?

El doctor Boomer agitó la cabeza en ademán de duda.

—Es una cuestión importante —declaró—. No cabe duda de que, por encima de todas las cosas, necesitamos el apoyo de una prensa limpia, sana, imparcial, que no acepte sobornos y no esté sujeta a las influencias económicas. Creo que, teniendo en cuenta la situación general, nuestro mejor plan podría ser comprar uno de los periódicos de la Ciudad.

—¿Y no sería mejor sencillamente comprar a los redactores? —preguntó el señor Dick Overend.

—Podríamos hacerlo —admitió el doctor Boomer—. No cabe duda de que la corrupción de la prensa es uno de los peores factores a los que nos enfrentamos. Lo que no sabría decirles es si sería más adecuado comprar el periódico en sí o a los redactores.

—¿Y si dejamos el asunto a un comité con plenos poderes para actuar? —propuso el señor Fyshe—. Nos dirigiremos a él para dar los pasos que a su juicio sean los más indicados para mejorar el nivel de la prensa y el tesorero estará autorizado para apoyarlos en todos los sentidos. Personalmente, estoy hasta la coronilla de las conexiones ocultas entre los políticos municipales y la prensa local. Si podemos hacer algo para cambiar la situación y mejorarla, será una labor que creo que merecerá la pena, caballeros, por mucho que nos cueste.

Así, al cabo de una o dos horas de debate, la Liga para un Gobierno Limpio estaba organizada y equipada con una tesorería, unos estatutos y un programa. El programa era muy simple. Como dijeron los señores Fyshe y Boulder, de entrada no había necesidad alguna de alargarse en cuestiones específicas o tratar de definir esta o aquella línea de actuación acerca de detalles concretos, como, por ejemplo, la licencia por ciento cincuenta años. Sencillamente, el programa se resumía en tres palabras: honestidad, pureza, integridad. Así, como dijo el señor Fyshe, la liga sería directa, clara y limpia para los que se opusieran a ella.

La primera reunión fue, por supuesto, confidencial. Pero todo lo que en ella sucedió se repitió poco después, con gran frescura y espontaneidad, en una concurrida asamblea pública abierta a todos los ciudadanos, que conservó en todo punto un espléndido carácter improvisado. Por ejemplo, cuando una voz se alzó en el fondo de la sala y dijo: «¡Propongo que el señor Lucullus Fyshe sea presidente de la liga!», Fyshe levantó la mano en ademán de inútil protesta, como si jamás se le hubiese pasado la idea por la cabeza.

Después de todo lo cual la Liga para un Gobierno Limpio se dispuso a luchar contra las huestes de las tinieblas. No se sabía por dónde andaban dichas huestes. No obstante, se daba por sentado que estaban por todas partes, escondidas. En los discursos se decía que operaban bajo cuerda, en la oscuridad, tras los focos y cosas por el estilo. Pero lo curioso era que nadie podía asegurar con certeza contra quién o qué luchaba la liga. Estaba a favor de «la honestidad, la pureza y la integridad». No se podía decir otra cosa sobre ella.

Fijémonos, por ejemplo, en el caso de la prensa. En los inicios de la liga, se pensó que había tal venalidad y corrupción en la prensa local que sería necesario comprar uno de los periódicos. Pero, no bien se pronunciaron las palabras «gobierno limpio», todos los periódicos de la Ciudad se declararon a favor: de hecho, llevaban años trabajando para conseguirlo.

Competían unos con otros por darle publicidad a la idea. El *Tiempos de Plutoria* incluyó un cupón recortable en una esquina de la portada en el que se leían estas palabras: «¿Está usted a favor de un gobierno limpio? En ese caso, envíenos diez centavos junto con este cupón, su nombre y su dirección». El *Ciudadano Plutoriano y defensor del pueblo* fue más lejos. Incluyó un cupón que decía: «¿Aspira usted a una ciudad limpia? En ese caso, envíe veinticinco centavos a nuestras oficinas. Prometemos darles buen uso».

Pero los periódicos hicieron mucho más. Día tras día, publicaban fotografías relacionadas con el asunto, como, por ejemplo, el retrato del señor Fyshe con este pie: «El señor Lucullus Fyshe afirma que el gobierno debería ser del pueblo, por el pueblo, para el pueblo y hacia el pueblo»; y, al día siguiente, otra con esta leyenda: «El señor Peter Spillikins declara que todos los hombres nacen libres e iguales»; y un día más tarde una imagen bajo la que se leían estas palabras: «Vista de los terrenos que el señor Furlong ofrece para el cementerio, en la que se aprecia la parte de atrás de las curtidurías, con cabeza del señor Furlong insertada».

Se daba por hecho, desde luego, que algunos de los concejales del viejo ayuntamiento serían reconocidos como parte de las huestes de las tinieblas. Al menos eso estaba claro. «No queremos más dirigentes de la calaña de los concejales Gorfinkel y Schwefeldampf —declaraban casi todos los periódicos de la Ciudad—. La opinión pública se rebela contra esos hombres». Y así sucesivamente. El único problema estaba en determinar quién o qué había apoyado a los concejales Gorfinkel y Schwefeldampf. Saltaba a la vista que las organizaciones que podrían haberlos respaldado deseaban un gobierno limpio más aún que la propia liga.

«El Club Thomas Jefferson apoya el gobierno limpio», rezaban los titulares de los periódicos un día. Y al día siguiente: «Ayudará a limpiar el gobierno municipal. El Club Eureka (para personas de color) aprueba la Liga. Basta de oscuridad». Y al otro: «Los hijos de Hungría colaboran por la buena causa: el Club Kossuth votará con la Liga».

Tan fuerte era el rechazo hacia los inicuos concejales que los ciudadanos exigieron acabar con la figura del concejal y sustituir el gobierno municipal por una junta. Todos los días, los periódicos publicaban editoriales sobre el tema y se daba por sentado que una de las primeras tareas de la liga consistiría en hacer lo necesario para que las autoridades estatales lo autorizasen. Para contribuir a ilustrar a los ciudadanos sobre lo que significaba esa forma de gobierno, el profesor Proaser, de la universidad (uno de los tres profesores a los que nos hemos referido más arriba), dio una conferencia sobre la evolución del gobierno municipal. Trazó su historia desde la anfictionía griega hasta el consejo de oligarcas de Venecia. Todo el mundo pensó que, de haber dado para más la velada, habría llegado hasta los tiempos modernos.

Pero lo más asombroso de todo fue cuando se hizo público, como corroboró el señor Fyshe en una entrevista, que el propio alcalde McGrath también iba a apoyar el gobierno limpio y a presentarse como candidato oficial de la liga. Desde luego, no dejaba de ser extraño. Sin embargo, a los ciudadanos corrientes les habría parecido menos desconcertante de haber podido oír una de las conversaciones privadas que mantuvieron los señores Fyshe y Boulder.

—Entonces —dijo el señor Boulder—, propones que McGrath sea nuestro candidato.

—No saldremos adelante sin él —contestó el señor Fyshe—. Siete de los distritos electorales le comen en la palma de la mano. Si aceptamos su oferta, promete cedérnoslos todos.

—¿Podemos fiarnos de su palabra? —quiso saber el señor Boulder.

—Creo que quiere jugar limpio con nosotros —respondió el señor Fyshe—. Se lo planteé como un asunto de honor, de hombre a hombre, la semana pasada. Desde entonces, he hecho que graben cuidadosamente sus conversaciones y estoy convencido de que está jugando limpio.

—¿Hasta dónde nos apoyará? —preguntó el señor Boulder.

—Está dispuesto a deshacerse de Gorfinkel, Schwefeldampf y Undercutt. Pero dice que debe encontrar un puesto para O'Hooligan. Según él, a los irlandeses les da igual el gobierno limpio, lo único que quieren es un gobierno irlandés.

—Entiendo —dijo el señor Boulder pensativamente—. Y, en relación con la renovación de la licencia y la expropiación, ¿cuáles son exactamente sus condiciones?

Pero el señor Fyshe contestó a esto de forma tan discreta y en voz tan baja que ni siquiera los pájaros que los escuchaban desde los olmos del Club Mausoleo pudieron oír su respuesta.

No es de extrañar, pues, que, si ni siquiera los pájaros lograron saberlo todo sobre la Liga para un Gobierno Limpio, hubiera multitud de cosas que buenas personas como el señor Newberry o Peter Spillikins jamás oyeron ni imaginaron.

Cada semana, cada día que pasaba traía un nuevo triunfo en el avance del movimiento.

—Sí, caballeros —dijo el señor Smith al comité de la Liga para un Gobierno Limpio, que se reunió unos días después—. Tengo el placer de anunciarles nuestra primera victoria. El señor Boulder y yo hemos visitado la capital y podemos decirles con toda seguridad que la asamblea legislativa del estado accederá a que cambiemos nuestra forma de gobierno para sustituir el ayuntamiento por una junta.

—¡Bravo! ¡Bravo! —exclamaron los miembros del comité al unísono.

—Nos reunimos con el gobernador —explicó el señor Fyshe—. La verdad es que tuvo la amabilidad de comer con nosotros en el Club Pocahontas. Nos comunicó que lo que hemos emprendido se está haciendo también en el resto de las ciudades y los pueblos del estado. Nos aseguró que los días de los viejos gobiernos municipales están contados. Por todas partes están creando juntas.

—¡Excelente! —dijo el señor Newberry.

—El gobernador nos garantiza que lo que deseamos se hará. El presidente del Comité Demócrata Estatal (que tuvo el detalle de cenar con nosotros en el Club Buchanan) nos ha asegurado lo mismo, igual que el presidente del Comité Republicano Estatal (que tuvo la bondad de acceder a ser nuestro invitado en un palco del Teatro Lincoln). Resulta de lo más gratificante —concluyó el señor Fyshe— saber que la asamblea legislativa va a apoyarnos a conciencia, con ese entusiasmo y ese hermoso espíritu americano.

—Está usted seguro de eso, ¿no? —lo interrogó el señor Newberry—. ¿De verdad ha visto a los miembros de la asamblea legislativa?

—No fue necesario —replicó el señor Fyshe—. El gobernador y los presidentes de los diferentes comités los tienen tan mimados... Es decir, los miembros de la asamblea tienen tal confianza en el gobernador y sus organizadores políticos que estarán dispuestos a darnos, como les decía antes, todo su apoyo patriótico.

—¿Tienen ustedes la certeza —insistió el señor Newberry— de que tanto el gobernador como las otras personas que ha mencionado nos ayudarán?

El señor Fyshe guardó un breve silencio y luego dijo con mucha calma:

—Tenemos la certeza —en tanto que cruzaba con el señor Boulder una mirada llena de significado para quienes pudiesen interpretarla.

—Espero que no le importe que le hiciera esas preguntas —dijo el señor Newberry, cuando él y el señor Fyshe salían del club—. La verdad es que no tenía claro lo que querían decir con «una junta» y «sustituir el gobierno municipal por una junta». Ya sé que estoy hablando como un paleto. En el pasado no presté la debida atención a la política ciudadana. Pero ¿qué diferencia hay entre un gobierno municipal y una junta?

—¿Que qué diferencia hay entre un gobierno municipal y una junta? —repitió el señor Fyshe.

—Sí —insistió el señor Newberry—, que qué diferencia hay entre un gobierno municipal y una junta.

—O, en otras palabras —siguió el señor Fyshe, pensativo—, qué diferencia hay entre una junta y un gobierno municipal.

—Exactamente —dijo el señor Newberry.

—No es nada fácil de explicar —contestó el señor Fyshe—. Una de las principales diferencias es que, en el caso de una junta, que a veces también recibe el nombre de «consejo», los salarios son más elevados. Verá, en la mayoría de los ayuntamientos, el salario de un concejal o de un edil por lo general no supera los mil quinientos o dos mil dólares. En cambio, el salario que perciben los miembros de una junta o de un consejo no baja de los diez mil. Ya solo esto hace que sea un tipo de hombre muy distinto.

Si a los concejales no se les pagan más de mil quinientos dólares, el ayuntamiento se llena de hombres dispuestos a hacer todo tipo de triquiñuelas por mil quinientos dólares. Sin embargo, en cuanto se les pagan diez mil, se consiguen hombres con una mayor amplitud de miras.

—Ya veo —dijo el señor Newberry.

—Si a un concejal se le pagan mil quinientos dólares —explicó el señor Fyshe—, siempre aceptará un soborno de cincuenta. En cambio, el que gana diez mil tiene una perspectiva más amplia. Si le ofrecen cincuenta dólares para que vote esto o aquello, seguramente se echará a reír.

—¡Ah, sí! —exclamó el señor Newberry—. Ya comprendo la idea. Un salario de mil quinientos dólares es tan bajo que muchos hombres se sentirán tentados de presentarse al cargo solo por lo que pueden sacar de ello.

—Ha dado usted en el clavo —contestó el señor Fyshe.

La nueva liga recibía apoyos de todas partes. Las mujeres de la Ciudad —en el censo electoral constaban cincuenta mil— no les iban a la zaga a los hombres. Aunque ninguna tenía un puesto importante en la liga, se unieron a su causa.

—Señor Fyshe —dijo la señora Buncomhearst al presidente en una ocasión en que se pasó por su despacho para ofrecerle su apoyo—, dígame qué podemos hacer nosotras. Represento a cincuenta mil votantes femeninas de esta ciudad.

(A la señora Buncomhearst le encantaba repetir esta frase, pese a que no se sabía muy bien cómo o por qué las representaba).

—Las mujeres queremos ayudar. Sepa usted que tenemos una gran iniciativa, si se nos dice lo que tenemos que hacer. Verá, disponemos de la misma capacidad de actuación que ustedes, solo es preciso que nos digan lo que debemos hacer. ¿No podríamos celebrar una reunión nosotras solas, para ayudar a la liga?

—Una idea excelente —contestó el señor Fyshe.

—¿Y no podría usted enviar a tres o cuatro hombres para que nos hablen y nos den un empujoncito? —preguntó la señora Buncomhearst con inquietud.

—¡Faltaría más! —respondió el señor Fyshe.

Como consecuencia de esta conversación, al poco se supo que las mujeres estaban trabajando codo con codo con los hombres. Los salones de té del Gran Palazo y de los demás hoteles se llenaban todos los días de señoras ocupadas en trabajar para la causa. Una de ellas incluso creó una bufanda electoral absolutamente divina, ideal para llevarla como distintivo y muestra de apoyo a la causa. Su principal mérito residía en su elegancia, que permitía combinarla con cualquier conjunto.

—Sí —le dijo el señor Fyshe a su comité—, una de las mejores señales de nuestro movimiento es que las mujeres de la Ciudad están con nosotros. Al margen de lo que pensemos, caballeros, sobre la cuestión de los derechos de la mujer en general (y creo que todos sabemos lo que en realidad opinamos del tema), no cabe duda de que la influencia de las mujeres contribuye a una mayor pureza de la política ciudadana. Tengo el placer de anunciar al comité que la señora Buncomhearst y sus amigas han organizado a todas las trabajadoras de la Ciudad con derecho a voto. Me han informado de que el coste de este logro ha sido de tan solo cinco dólares por mujer. La organización de algunas de las mujeres (extranjeras de las clases más bajas, cuyo sentido de la moralidad política aún muestra un desarrollo imperfecto) ha tenido un coste de únicamente un dólar por voto. Sin embargo, comprenderán que, en el caso de las norteamericanas de pura cepa, mujeres con un mayor nivel de estudios y una moralidad más desarrollada, no podíamos esperar hacerlo por tan poco dinero.

Pero las mujeres no fueron el único elemento de apoyo que se sumó a la liga.

—Caballeros —anunció el doctor Boomer, rector de la universidad, en la siguiente reunión—. Tengo el gusto de declarar que el espíritu que nos anima a todos ha contagiado a los alumnos de la universidad. Han organizado, sin ayuda externa y en representación de sí mismos, una Liga Estudiantil del Juego Limpio, que ya ha comenzado sus actividades. Tengo entendido que han arrojado al concejal Gorfinkel a un estanque cercano a la universidad. Por otra parte, creo que esta noche irán en busca del concejal Schwefeldampf, con intención de tirarlo al depósito de agua. Sus dirigentes (un grupo de jóvenes magníficos) me han prometido que no harán nada que pueda desacreditar a la universidad.

—Creo que anoche los oí en la calle —dijo el señor Newberry.

—Por lo que sé, montaron una manifestación —informó el rector.

—Sí, los oí. Gritaban: «¡Ra, ra, ra! ¡Gobierno Limpio! ¡Ra, ra, ra!». Oírlos era de lo más estimulante.

—Sí —continuó el rector—. Se han agrupado para acabar con los matones y los perturbadores que hasta la fecha vienen arruinando nuestras elecciones municipales. Anoche, como demostración, volcaron dos tranvías y un carro de reparto de leche.

—He oído que detuvieron a dos de ellos —comentó el señor Dick Overend.

—Pero fue por error —respondió el rector—. Hubo un malentendido. No sabían que eran estudiantes. Los dos estudiantes estaban rompiendo los cristales de un tranvía con sus palos de jóquey, después de volcarlo. Una brigada de policías los confundió con alborotadores. En cuanto los llevaron a comisaría, se deshizo el malentendido. El jefe de policía telefoneó a la universidad para disculparse. Tengo entendido que esta noche la liga volverá a salir a la calle, en busca del concejal Schwefeldampf. Pero sus dirigentes me han asegurado que en modo alguno alterarán la paz. Como les decía, creo que tienen pensado arrojarlo al depósito de agua.

Frente a esfuerzos como estos, la oposición pronto desapareció. Al poco, el *Tiempos de Plutoria* pudo anunciar que varios candidatos indeseables habían tirado la toalla. «El concejal Gorfinkel —informaba—, al que, como recordarán, los estudiantes arrojaron a un estanque la semana pasada, seguía guardando cama cuando nuestro representante lo entrevistó. El señor Gorfinkel declaró que no se presentaría como candidato a las próxima elecciones. Se siente, asegura, cansado de los honores municipales. Ya ha disfrutado bastante de ellos. Le parece que le corresponde hacerse a un lado y dejar vía libre a otros que también merecen su oportunidad. En el futuro, se propone limitar sus actividades a su tienda de trajes semiconfeccionados, que, por cierto —aprovecha para informar—, ofrece una línea de trajes de entretiempo para caballeros de una elegancia que jamás se ha visto por ese precio».

No hay necesidad de entrar en los detalles del glorioso triunfo que tuvo lugar el día de las elecciones. Quedarán para el recuerdo como unas de las elecciones más puras y limpias que han tenido lugar en la Ciudad. La organización ciudadana se convirtió en una fuerza abrumadora que garantizó que así fuera. Grupos de estudiantes armados con bates de béisbol vigilaban los centros electorales para garantizar que hubiera juego limpio. Si algún hombre deseaba depositar en las urnas un voto sucio, lo alejaban de ellas. A todos los que intentaron introducir algún elemento de fuerza bruta o alborotar se les propinó un coscorrón en la cabeza. En los barrios más humildes de la Ciudad, una multitud de trabajadores voluntariosos, reclutados entre las clases más modestas, mantuvieron el orden armados con picos. Por toda la Ciudad circulaban automóviles, suministrados por los principales empresarios, abogados y doctores, que funcionaban como coches patrulla y vigilaban que no se diese un uso poco limpio a otros vehículos para transportar votantes a las urnas. Fue una victoria clara desde el principio: abrumadora y completa. Las huestes de las tinieblas sufrieron una derrota tan aplastante que prácticamente no se pudo encontrar a ninguna de ellas. Al anochecer, las calles se llenaron de una multitud inquieta y ruidosa, que celebraba la gran victoria del gobierno limpio, en tanto que en las fachadas de todos los periódicos se proyectaban enormes fotografías del alcalde McGrath, «el campeón del gobierno limpio», de O. Skinyer, «el abogado del pueblo», y de los otros candidatos de la liga, que provocaban los vítores y el entusiasmo de la gente.

Aquella noche, para celebrarlo, se ofreció una gran recepción en el Club Mausoleo, situado en la avenida Plutoria, por sugerencia de la propia Ciudad. De hecho, la Ciudad insistió en ello.

Jamás se había visto, ni siquiera en ese templo del arte y el refinamiento, una escena tan deliciosa. En el gran corredor del club una banda húngara tocaba con flautas tirolesas una música vienesa que flotaba por entre los árboles del caucho. El champán burbujeaba en una veintena de mostradores, en los que silenciosos camareros lo servían en copas tan anchas y bajas como nenúfares flotantes. Y en medio de todo esto pululaban los pastorcillos y las pastorcillas de esa hermosa Arcadia; ellos de esmoquin, luciendo camisas con pecheras blancas, grandes como mapas de África, níveos chalecos ciñéndoles la cintura, pesadas cadenas de oro para el reloj y zapatitos de charol negros como la pez; ellas envueltas en nubes de seda de todos los colores del arcoíris, con el pelo recogido con relucientes cintas o adornado con plumas blancas, que simbolizaban la pureza municipal. En vano recorreríamos las mejores páginas de la literatura pastoril en busca de una escena comparable.

Y, entre la gente que conversaba, poco a poco corrió de grupo en grupo la noticia de que la Eléctrica de los Ciudadanos iba a obtener una nueva licencia por dos siglos, para que la empresa pudiese, como era justo, ver qué tal le iba. Al oír la noticia, los rostros graves de los viriles obligacionistas se sonrojaron de orgullo y los ojos dulces de los accionistas brillaron de alegría. Pues, ahora que había llegado el gobierno limpio, ya no tenían miedos ni dudas. Sabían lo que podía hacer la empresa.

Así, durante toda la noche, en el exterior del club la nota suave de los cláxones de los automóviles que llegaban o se iban despertaba a las durmientes hojas de los olmos con las buenas nuevas. Y, durante toda la noche, en el interior de sus corredores iluminados, el burbujeante champán susurraba a los árboles del caucho la noticia de la salvación de la Ciudad. Así siguió avanzando la noche hasta que al fin rayó el alba, atenuando con su prosaico fulgor la belleza nocturna de la luz artificial. Y los habitantes de la Ciudad —los mejores— volvieron a casa para tomarse un merecido descanso, mientras los otros —en los barrios más humildes— se levantaban para comenzar el duro trabajo de cada día.

ÍNDICE